Zu diesem Buch

Jacques Prévert ist der populärste Lyriker Frankreichs. Seine Chansons sind vor allem durch Juliette Greco bekannt geworden. Daß er auch in Deutschland ein breites Publikum gefunden hat, verdankt er den kongenial einfühlsamen Übertragungen Kurt Kusenbergs. Seither gehören seine Verse zum festen Repertoire auch deutscher literarischer Rundfunksendungen. Der Pariser Gefährte von Ringelnatz, Brecht und Mehring ist ein Großstadtpoet von vielseitiger Begabung: Realist, Surrealist, Revolutionär und Romantiker. Seine im besten Sinne liedhaft-volkstümliche Dichtung lehnt sich auf, schlägt Wunden, kann aber auch zart sein, unbefangen und voll der Schönheit der Welt. Sie spricht von Kindern, Vögeln oder Blumen mit der lebensbejahenden Zuneigung des Liebenden. Sie hämmert aber auch in metallischen Kaskaden Protest, brilliert in aggressivem Wortwitz, ist von tödlicher Treffsicherheit, wo es soziales Unrecht anzugreifen gilt.

Jacques Prévert wurde am 4. Februar 1900 in einem Vorort von Paris als Sohn eines kleinen Angestellten geboren. Er besuchte die Volksschule und sorgte seit 1915 für seinen Unterhalt, ohne je einen Beruf zu erlernen. 1925 lebte er in der legendär gewordenen «rue du château», wo sich die jungen Surrealisten, unter anderen Breton, Aragon, Queneau, Artaud trafen. Prévert begann seine Karriere als Drehbuchautor. Am bekanntesten wurden «Die Kinder des Olymp» (1943) und «Der Glöckner von Notre-Dame» (1956). Nach dem Krieg erschienen seine ersten Gedichtbände.

1948 hatte Prévert einen schweren Unfall, woraufhin er sich bis 1955 nach Saint-Paul de Vence zurückzog. 1957 fand eine Ausstellung seiner Collagen statt. Seither schreibt er vor allem für das französische Fernsehen.

Hauptwerke: «Paroles» (1945, 1947), «Spectacle» (1951), «La Pluie et le beau temps» (1955), «Histoires» (1963), «Fatras» (1966). Bildband, zusammen mit Izis Bidermanas, «Le Grand Bal du Printemps» (1951) (dt. «Wenn es Frühling wird in Paris»), Tierbücher.

Jacques Prévert

Gedichte und Chansons

Französisch und Deutsch

Nachdichtungen von
Kurt Kusenberg

rororo
Rowohlt

Titel der französischen Originalausgaben,
aus denen Gedichte entnommen wurden: «Paroles», «Spectacle»
und «La Pluie et le beau Temps», Librairie Gallimard, Paris
Umschlagentwurf Werner Rebhuhn
unter Verwendung einer Zeichnung von Joan Miró

1.–25. Tausend	Juni 1971
26.–30. Tausend	Februar 1974
31.–35. Tausend	Mai 1975

Ungekürzte Ausgabe
Veröffentlicht im Rowohlt Taschenbuch Verlag GmbH,
Reinbek bei Hamburg, Juni 1971

Gesamtherstellung Clausen & Bosse, Leck/Schleswig
Printed in Germany
580-ISBN 3 499 11421 6

Vorwort in der Manier von Jacques Prévert

Er ist ein Bänkelsänger ein Kabarettist ein Moritäter
ein Rattenfänger ein Moralist ein Attentäter
wie sein Ahne François Villon
er dichtet für den Tag
und für die Stunde
er ist in aller Munde
viel mehr als er es mag
Paris liebt ihn sehr und lobt ihn laut
die Bourgoisie hat es gern wenn man ihr in die Fresse haut
weil es sie angenehm erregt
sie läßt sich anarchistisch antichristlich surrealistisch mißhandeln
und grunzt vor Lust denn sie hält Kunst für Spiel
für Nervenkitzel für Wortgewitzel für Abortgekritzel
sie ist eben dumm
und ahnt nicht daß Kunst nicht nur den Künstler frißt
sondern auch sein Publikum
weil sie mörderisch ist

Zurück zu Prévert
er ist zart er ist bös
er ist hart er ist generös
sein Herz gehört den Vögeln den Kindern
und aller unschuldigen Kreatur
auch der menschlichen
insbesondere wo man sie knechtet
entrechtet verletzt oder zu Tode hetzt
sein Haß gehört den Quälern den Schindern
ihnen gehört er ungeteilt
er gehört den Eltern den Greisen den Lehrern den Generälen
den Bürgern den Engeln den Admirälen
kurzum jedem großen oder kleinen Tyrannen in der Welt
der Andern die Freude am Leben vergällt
an diesem einzigen Leben das so rasch enteilt

Auch in Frankreich ist das Wort
verbraucht und abgenutzt
verhurt und zerschlissen
es schwebt es rundet sich es glänzt nicht mehr
ob man's auch sorgsam pflegt und putzt
aber da kommt Prévert daher
und schlägt ein Wort an wie einen Ton
beispielsweise das Wort Sohn
immer wieder den gleichen Ton
immer wieder das Wort Sohn
eigensinnig und listig wie Gertrud Stein

hartnäckig und monoton
als fiele ihm durchaus nichts anderes ein
und siehe da mit einem Mal
erzeugt der Ton
eine Assoziation
und noch eine Assoziation
und so fort bis das Wort prall wie ein Kinderballon
und bunt geschwänzt
wieder schwebt wieder rund ist wieder glänzt

Locker scheinen seine Dichtungen
wie Holzhäuser die ein Zimmermann flott zusammenbaut
wie mühelose Verrichtungen
sein Vers ist ungebunden ist Bild ist Laut
sein Reim ist spöttisches Pläsier
denn im Französischen reimt sich sozusagen alles
unsere Nachbarn sind nicht so ungereimt wie wir
doch täusche man sich nicht
der Aufriß sitzt
die Konstruktion ist sauber abgebunden
und wenn man näher hinschaut ist die Dichtung dicht

Vivant debout souriant sind seine Lieblingsworte
oder muß man sagen Wörter
lebendig aufrecht lächelnd welch herzhafter Poet
der aufrecht und lächelnd durchs Leben geht
ach treiben wir doch ein wenig Tiefenpsychologie
laut Garantie
ihrer Hersteller versagt sie nie
Préverts allerliebstes Lieblingswort heißt remuer
und das hat zwiefachen Sinn
zum einen bedeutet es eine feine zarte Bewegung
ein leises Rücken nur
zum anderen bedeutet es aufwühlen bis zum Grund
Voilà da haben wir ihn in Natur
aus seinem eigenen Mund
er winkt uns zart er lockert er wühlt uns auf
wie eine Pflugschar die verkrustete Erde
damit sie wieder fruchtbar werde
sich selber braucht er nicht umzupflügen
der Großstadtriese
mit seinem saftigen Grashalmfell
Walt Whitmans Kampfgesell
denn wenn die Lexika nicht lügen
heißt pré vert so viel wie grüne Wiese

Traduttore traditore sagt der Italiener
und meint damit daß der Übersetzer den Übersetzten verrät
zwar bringt er ihn an andere Ufer
doch so daß des Armen Identität
dabei in die Binsen geht
Ich habe versucht kein Verräter zu sein
leicht war es nicht
point du tout
und kann nur hoffen daß einigermaßen leibhaft vor Ihnen steht
vivant souriant debout
Prévert der Poet.

Kurt Kusenberg

Gedichte und Chansons

Histoire du cheval

Braves gens écoutez ma complainte
écoutez l'histoire de ma vie
c'est un orphelin qui vous parle
qui vous raconte ses petits ennuis
hue donc...
Un jour un général
ou bien c'était une nuit
un général eut donc
deux chevaux tués sous lui
ces deux chevaux c'étaient
hue donc...
que la vie est amère
c'étaient mon pauvre père
et puis ma pauvre mère
qui s'étaient cachés sous le lit
sous le lit du général qui
qui s'était caché à l'arrière
dans une petite ville du Midi.
Le général parlait
parlait tout seul la nuit
parlait en général de ses petits ennuis
et c'est comme ça que mon père
et c'est comme ça que ma mère
hue donc...
une nuit sont morts d'ennui.

Pour moi la vie de famille était déjà finie
sortant de la table de nuit
au grand galop je m'enfuis
je m'enfuis vers la grande ville
où tout brille et tout luit
en moto j'arrive à Sabi en Paro
excusez-moi je parle cheval
un matin j'arrive à Paris en sabots
je demande à voir le lion
le roi des animaux
je reçois un coup de brancard
sur le coin du naseau
car il y avait la guerre
la guerre qui continuait
on me colle des œillères
me v'là mobilisé

Die Geschichte des Pferdes

Hört liebe Leute meine Klage
lauscht meinem Lebensbericht
es ist ein armes Waisenkind
das euch von seinen kleinen Sorgen spricht
hüh hott...
Eines Tages geschah es daß einem General
oder vielmehr eines Nachts ist's passiert
daß also diesem General
zwei Pferde sind unterm Hintern krepiert
diese beiden Pferde waren
hüh hott...
bitter schmecken des Lebens große Sorgen
es waren meine beiden Eltern
die sich unter dem Bett verborgen
unter dem Bett des Generals
der sich gut zu verbergen verstand
in einer kleinen frontfernen Stadt im Hinterland.
Der General sprach
sprach für sich allein die ganze Nacht
sprach ganz generell von seinen kleinen Sorgen
und daran sind dann meine Eltern ganz sacht
hüh hott...
eines Nachts vor Langeweile gestorben.

Für mich war das Familienleben
nunmehr gewissermaßen aus
da kam ich aus dem Nachttisch heraus
und flüchtete in gestrecktem Galopp
zur großen Stadt
wo alles glänzt und leuchtet
eines Morgens kam ich zu Par nach Hufis
Verzeihung das war Pferdesprache
ich kam also zu Huf nach Paris
ich verlangte den Löwen zu sehen
den König über alles Getier
ich bekam einen Schlag auf den Schädel
und streckte alle vier von mir
denn es war Krieg
und der Krieg nahm seinen Lauf
man pappte mir Scheuklappen auf
da war ich mobilisiert

et comme il y avait la guerre
la guerre qui continuait
la vie devenait chère
les vivres diminuaient
et plus ils diminuaient
plus les gens me regardaient
avec un drôle de regard
et les dents qui claquaient
ils m'appelaient beefsteak
je croyais que c'était de l'anglais
hue donc...
tous ceux qu'étaient vivants
et qui me caressaient
attendaient que j'sois mort
pour pouvoir me bouffer.

Une nuit dans l'écurie
une nuit où je dormais
j'entends un drôle de bruit
une voix que je connais
c'était le vieux général
le vieux général qui revenait
qui revenait comme un revenant
avec un vieux commandant
et ils croyaient que je dormais
et ils parlaient très doucement.
Assez assez de riz à l'eau
nous voulons manger de l'animau
y a qu'à lui mettre dans son avoine
des aiguilles de phono.
Alors mon sang ne fit qu'un tour
comme un tour de chevaux de bois
et sortant de l'écurie
je m'enfuis dans les bois.

Maintenant la guerre est finie
et le vieux général est mort
est mort dans son lit
mort de sa belle mort
mais moi je suis vivant et c'est le principal
bonsoir
bonne nuit
bon appétit mon général.

und weil man im Kriege stand
im Krieg der kein Ende fand
wurde das Leben sehr teuer
wurde das Essen sehr knapp
wurden die Leute schlapp
und je knapper alles wurde
desto mehr schauten die Leute mich an
ihr Blick war mir nicht recht geheuer
aus ihren Zähnen klapperte Mord
Beefsteak hieß ich fortan
ich hielt's für ein englisches Wort
hüh hott...
alle die noch lebten und die mich streichelten
warteten auf meinen Tod um mich aufzuessen.

Eines Nachts im Pferdestall
als die Stallnachtlaterne brannte
hörte ich einen komischen Redeschwall
eine Stimme die ich gut kannte
es war der alte General
der alte General der wie ein Geist
aus dem Dunkel kam hervor
nebst einem andern Gespenst
einem alten Major
und sie glaubten daß ich schliefe
und sie sprachen sehr leise
wir wollen von der Wassersuppe los
wir wollen uns an Fleisch erfreuen
man braucht ihm in den Hafer bloß
Grammophonnadeln zu streuen
da geriet mein Blut in Lauf
wie ein Pferdekarussell
und ich stieß die Stalltür auf
und flüchtete sehr schnell.

Zu Ende sind nun Krieg und Not
und der alte General ist gestorben
ist gestorben in seinem Bett
einen schönen Ehrentod
aber ich lebe und das zählt allemal
guten Abend
gute Nacht
guten Appetit Herr General.

La pêche à la baleine

A la pêche à la baleine, à la pêche à la baleine,
Disait le père d'une voix courroucée
A son fils Prosper, sous l'armoire allongé,
A la pêche à la baleine, à la pêche à la baleine,
Tu ne veux pas aller,
Et pourquoi donc?
Et pourquoi donc que j'irais pêcher une bête
Qui ne m'a rien fait, papa,
Va la pêpé, va la pécher toi-même,
Puisque ça te plaît,
J'aime mieux rester à la maison avec ma pauvre mère
Et le cousin Gaston.
Alors dans sa baleinière le père tout seul s'en est allé
Sur la mer démontée...
Voilà le père sur la mer,
Voilà le fils à la maison,
Voilà la baleine en colère,
Et voilà le cousin Gaston qui renverse la soupière,
La soupière au bouillon.
La mer était mauvaise,
La soupe était bonne.
Et voilà sur sa chaise Prosper qui se désole:
A la pêche à la baleine, je ne suis pas allé,
Et pourquoi donc que j'y ai pas été?
Peut-être qu'on l'aurait attrapée,
Alors j'aurais pu en manger.
Mais voilà la porte qui s'ouvre, et ruisselant d'eau
Le père apparaît hors d'haleine,
Tenant la baleine sur son dos.
Il jette l'animal sur la table, une belle baleine aux yeux bleus,
Une bête comme on en voit peu,
Et dit d'une voix lamentable:
Dépêchez-vous de la dépecer,
J'ai faim, j'ai soif, je veux manger.
Mais voilà Prosper qui se lève,
Regardant son père dans le blanc des yeux,
Dans le blanc des yeux bleus de son père,
Bleus comme ceux de la baleine aux yeux bleus:
Et pourquoi donc je dépècerais une pauvre bête qui m'a rien fait?
Tant pis, j'abandonne ma part.
Puis il jette le couteau par terre,
Mais la baleine s'en empare, et se précipitant sur le père

Walfang

Auf zum Walfang! Auf zum Walfang!
Sprach der Vater in erzürntem Ton
Zu Prosper seinem Sohn
Auf zum Walfang! Auf zum Walfang!
Du willst nicht mit
Warum?
Warum soll ich ein Tier erjagen
Das mir nichts getan?
Geh du Papa geh du es jagen
Du hast ja Spaß daran.
Ich bleib zuhaus bei meiner armen Mutter
Und bei dem Vetter Gaston.
Da fährt der Vater allein in seinem Fischerkutter
Aufs aufgebrachte Meer hinaus ...
Nun ist der Vater auf dem Meer
Der Sohn zuhaus
Der Wal in Wut
Und nun verschüttet Vetter Gaston
Den Suppenteller mit der Bouillon
Das Meer war böse
Die Bouillon war gut
Und nun ist Prosper betrübt über seinen Verzicht
Auf den Walfang, ich bin nicht mitgegangen
Warum eigentlich nicht?
Vielleicht hätte man ihn gefangen
Und das gäbe ein leckeres Gericht!
Aber nun öffnet sich die Tür und triefend wie ein nasser Kater
Erscheint der atemlose Vater
Auf seinem Rücken den Riesenfisch
Und schmeißt das Tier auf den Tisch,
Einen schönen Wal mit blauen Augen
Ein Tier wie man's nicht häufig trifft
Und sagt in kläglichem Ton
Zerleg ihn rasch, mein Sohn
Ich bin hungrig, ich bin durstig, ich will essen.
Aber nun steht Prosper auf, der Sohn
Und schaut seinen Vater an
Schaut ihm ins Weiße der Augen
Ins Weiße der blauen Augen
Blau wie die des Wals mit den blauen Augen:
Und warum soll ich ein Tier zerlegen das mir nichts getan?
Ich verzichte auf meine Portion,

Elle le transperce de père en part.
Ah, ah, dit le cousin Gaston,
On me rappelle la chasse, la chasse aux papillons.
Et voilà
Voilà Prosper qui prépare les faire-part,
La mère qui prend le deuil de son pauvre mari
Et la baleine, la larme à l'œil contemplant le foyer détruit.
Soudain elle s'écrie:
Et pourquoi donc j'ai tué ce pauvre imbécile,
Maintenant les autres vont me pourchasser en motogodille
Et puis ils vont exterminer toute ma petite famille.
Alors, éclatant d'un rire inquiétant,
Elle se dirige vers la porte et dit
A la veuve en passant:
Madame, si quelqu'un vient me demander,
Soyez aimable et répondez:
La baleine est sortie,
Asseyez-vous,
Attendez là,
Dans une quinzaine d'années, sans doute elle reviendra.

Dann schmeißt er das Messer weg
Doch der Wal ergreift das Messer und stürzt sich auf den Vater
Und durchbohrt ihn auf dem Fleck
Der Vetter Gaston sagt:
Ah, das erinnert mich an die Jagd, an die Schmetterlingsjagd,
Und nun,
Nun schreibt Prosper die Todesanzeigen aus
Die Mutter legt Trauer an
Um ihren bedauernswerten Mann
Und der Wal betrachtet mit feuchten Augen das Sterbehaus
Und ruft plötzlich aus:
Warum hab ich diesen armen Dummkopf umgebracht,
Hinfort machen die Anderen motorisierte Jagd
Und rotten meine ganze kleine Familie aus,
Dann wendet er sich zur Tür wobei
Er beunruhigend lacht
Und sagt zur Witwe so nebenbei:
Madame, sollte jemand nach mir fragen
So wollen Sie ihm bitte sagen:
Der Wal ist ausgegangen
Nehmen Sie Platz
Warten Sie einen Augenblick
In etwa fünfzehn Jahren kommt er bestimmt zurück . . .

J'en ai vu plusieurs . . .

J'en ai vu un qui s'était assis sur le chapeau d'un autre
il était pâle
il tremblait
il attendait quelque chose . . . n'importe quoi . . .
la guerre . . . la fin du monde . . .
il lui était absolument impossible de faire un geste ou de parler
et l'autre
l'autre qui cherchait «son» chapeau était plus pâle encore
et lui aussi tremblait
et se répétait sans cesse:
mon chapeau . . . mon chapeau . . .
et il avait envie de pleurer.
J'en ai vu un qui lisait les journaux
J'en ai vu un qui saluait le drapeau
j'en ai vu un qui était habillé de noir
il avait une montre
une chaîne de montre
un porte-monnaie
la légion d'honneur
et un pince-nez.
J'en ai vu un qui tirait son enfant par la main
et qui criait . . .
j'en ai vu un avec un chien
j'en ai vu un avec une canne à épée
j'en ai vu un qui pleurait
j'en ai vu un qui entrait dans une église
j'en ai vu un autre qui en sortait . . .

Ich habe einige gesehen ...

Ich habe Einen gesehen der auf dem Hut eines Anderen saß
er war bleich
er zitterte
er wartete auf etwas ... was immer es sei ...
auf den Krieg ... auf das Ende der Welt ...
es war ihm völlig unmöglich eine Bewegung zu machen
oder zu sprechen
und der Andere
der Andere der «seinen» Hut suchte war noch bleicher
und auch er zitterte
und wiederholte unaufhörlich:
mein Hut ... mein Hut ...
und hatte Lust zu weinen.
Ich habe Einen gesehen der Zeitungen überflog
ich habe Einen gesehen der salutierte als man die Fahne hochzog
ich habe Einen gesehen der schwarz gekleidet war
er hatte eine Uhr
eine Uhrkette
ein Portemonnaie
die rote Rosette
und ein Pincenez.
Ich habe Einen gesehen der sein Kind bei der Hand zerrte und schrie
ich habe Einen gesehen mit einem Hund
ich habe Einen gesehen mit einem Stockdegen
ich habe Einen gesehen der weinte vor Scham
ich habe Einen gesehen der die Kirche betrat
ich habe Einen gesehen der aus der Kirche kam ...

Pour toi mon amour

Je suis allé au marché aux oiseaux
Et j'ai acheté des oiseaux
Pour toi
mon amour
Je suis allé au marché aux fleurs
Et j'ai acheté des fleurs
Pour toi
mon amour
Je suis allé au marché à la ferraille
Et j'ai acheté des chaînes
De lourdes chaînes
Pour toi
mon amour
Et puis je suis allé au marché aux esclaves
Et je t'ai cherchée
Mais je ne t'ai pas trouvée
mon amour.

Für dich, Geliebte

Ich war auf dem Vogelmarkt
Und habe Vögel gekauft
für dich
Geliebte
Ich war auf dem Blumenmarkt
Und habe Blumen gekauft
für dich
Geliebte
Ich war auf dem Eisenmarkt
Und habe Ketten gekauft
Schwere Ketten
für dich
Geliebte
Und dann war ich auf dem Sklavenmarkt
Und hab dich gesucht
Aber ich hab dich nicht gefunden
Geliebte.

Pater Noster

Notre Père qui êtes aux cieux
Restez-y
Et nous nous resterons sur la terre
Qui est quelquefois si jolie
Avec ses mystères de New York
Et puis ses mystères de Paris
Qui valent bien celui de la Trinité
Avec son petit canal de l'Ourcq
Sa grande muraille de Chine
Sa rivière de Morlaix
Ses bêtises de Cambrai
Avec son Océan Pacifique
Et ses deux bassins aux Tuileries
Avec ses bons enfants et ses mauvais sujets
Avec toutes les merveilles du monde
Qui sont là
Simplement sur la terre
Offertes à tout le monde
Éparpillées
Émerveillées elles-mêmes d'être de telles merveilles
Et qui n'osent se l'avouer
Comme une jolie fille nue qui n'ose se montrer
Avec les épouvantables malheurs du monde
Qui sont légion
Avec leurs légionnaires
Avec leurs tortionnaires
Avec les maîtres de ce monde
Les maîtres avec leurs prêtres leurs traîtres et leurs reîtres
Avec les saisons
Avec les années
Avec les jolies filles et avec les vieux cons
Avec la paille de la misère pourrissant dans l'acier des canons.

Pater noster

Unser Vater der du bist im Himmel
Bleib dort
Und wir werden auf der Erde bleiben
Die mitunter so herrlich ist
Mit ihren Mysterien von New York
Mit ihren Mysterien von Paris
Die das Mysterium der Dreieinigkeit durchaus aufwiegen
Mit ihrem kleinen Ourcq-Kanal
Ihrer großen Chinesischen Mauer
Ihrem Strand von Morlaix
Ihren Leckereien von Cambrai
Mit ihrem Pazifischen Ozean
Und den beiden Wasserbecken in den Tuilerien
Mit ihren netten Kindern und ihren miesen Kerlen
Mit allen Wundern der Erde
Die *da* sind
Ganz einfach *da* sind auf der Erde
Einem Jeden dargeboten
Verstreut
Selber darüber verwundert daß sie solche Wunder sind
Und nicht wagen es sich einzugestehen
Wie hübsche nackte Mädchen die sich nicht zu zeigen wagen
Der Erde
Mit ihren furchtbaren Plagen
Die Legion sind
Mit ihren Legionären
Mit ihren Folterknechten
Mit ihren Funktionären
Mit den Herren dieser Welt
Den Herren mit ihren Priestern ihren Denunzianten
Und ihren Intriganten
Mit den Jahreszeiten
Mit den Jahren
Mit den hübschen Mädchen und mit den üblen Patronen
Mit dem fauligen Stroh der Not im Stahl der Kanonen.

Rue de Seine

Rue de Seine dix heures et demie
le soir
au coin d'une autre rue
un homme titube ... un homme jeune
avec un chapeau
un imperméable
une femme le secoue ...
elle le secoue
et elle lui parle
et il secoue la tête
son chapeau est tout de travers
et le chapeau de la femme s'apprête à tomber en arrière
ils sont très pâles tous les deux
l'homme certainement a envie de partir ...
de disparaître ... de mourir ...
mais la femme a une furieuse envie de vivre
et sa voix
sa voix qui chuchote
on ne peut pas ne pas l'entendre
c'est une plainte ...
un ordre ...
un cri ...
tellement avide cette voix ...
et triste
et vivante ...
un nouveau-né malade qui grelotte sur une tombe
dans un cimetière l'hiver ...
le cri d'un être les doigts pris dans la portière ...
une chanson
une phrase
toujours la même
une phrase
répétée ...
sans arrêt
sans réponse ...
l'homme la regarde ses yeux tournent
il fait des gestes avec les bras
comme un noyé
et la phrase revient
rue de Seine au coin d'une autre rue
la femme continue
sans se lasser ...

Rue de Seine

Rue de Seine halb elf
abends
bei einer Straßenecke
schwankt ein Mann ... ein junger Mann
mit einem Hut
einem Regenmantel
eine Frau rüttelt ihn
sie schüttelt ihn
und sie spricht mit ihm
und er schüttelt den Kopf
sein Hut sitzt ganz schief mit verwechselten Seiten
und der Hut der Frau beginnt abwärts zu gleiten
sie sind beide sehr bleich
sicherlich hat der Mann große Lust zu gehen ...
zu verschwinden ... zu vergehen ...
aber die Frau hat eine unbändige Lebenslust
und ihre Stimme
kann man nicht überhören
eine Klage ...
ein Befehl ...
ein Schrei ...
so gierig ist diese Stimme ...
und traurig
und lebensvoll ...
ein Neugeborenes das krank und zitternd auf einem Grabe liegt
auf einem winterlichen Friedhof ...
der Schrei eines Wesens dem man die Finger zerbiegt
ein Lied
ein Satz
immer das gleiche
ein Satz
immer derselbe ...
ohne Pause
ohne Antwort ...
der Mann schaut sie an seine Augen bitten um Erbarmen
und er rudert mit den Armen
wie einer der ertrinkt
und der Satz kommt wieder
rue de Seine bei der Ecke
die Frau fährt fort
unaufhörlich ...
immer wieder bringt sie ihre bange Frage an

continue sa question inquiète
plaie impossible à panser
Pierre dis-moi la vérité
Pierre dis-moi la vérité
je veux tout savoir
dis-moi la vérité...
le chapeau de la femme tombe
Pierre je veux tout savoir
dis-moi la vérité...
question stupide et grandiose
Pierre ne sait que répondre
il est perdu
celui qui s'appelle Pierre...
il a un sourire que peut-être il voudrait tendre
et répète
Voyons calme-toi tu es folle
mais il ne croit pas si bien dire
mais il ne voit pas
il ne peut pas voir comment
sa bouche d'homme est tordue par son sourire...
il étouffe
le monde se couche sur lui
et l'étouffe
il est prisonnier
coincé par ses promesses...
on lui demande des comptes...
en face de lui...
une machine à compter
une machine à écrire des lettres d'amour
une machine à souffrir
le saisit...
s'accroche à lui...
Pierre dis-moi la vérité.

eine Wunde die man nicht verbinden kann
Peter sag mir die Wahrheit
Peter sag mir die Wahrheit
ich will alles wissen
sag mir die Wahrheit ...
der Hut der Frau fällt herunter
Peter ich will alles wissen
sag mir die Wahrheit ...
einfältige gewaltige Bitte
Peter weiß nichts zu antworten
er ist verloren
er der Peter heißt ...
er hat ein Lächeln aufgesetzt das wahrscheinlich zart sein soll
und sagt
Geh beruhige dich du bist toll
aber er glaubt es selber nicht
und er sieht nicht
denn ihm ist ja der Blick versperrt
er sieht das Lächeln nicht
das seinen Männermund verzerrt ...
er erstickt
die Welt drückt
und erstickt ihn
er ist ein Gefangener
eingekeilt in seine Versprechungen ...
man verlangt Rechenschaft von ihm ...
Auge in Auge ...
eine Rechenmaschine
eine Schreibmaschine für Liebesbriefe
eine Leidensmaschine
packt ihn ...
hängt sich an ihn ...
Peter sag mir die Wahrheit.

Le cancre

Il dit non avec la tête
mais il dit oui avec le cœur
il dit oui à ce qu'il aime
il dit non au professeur
il est debout
on le questionne
et tous les problèmes sont posés
soudain le fou rire le prend
et il efface tout
les chiffres et les mots
les dates et les noms
les phrases et les pièges
et malgré les menaces du maître
sous les huées des enfants prodiges
avec des craies de toutes les couleurs
sur le tableau noir du malheur
il dessine le visage du bonheur.

Der schlechte Schüler

Mit dem Kopf sagt er nein
doch er sagt ja mit dem Herzen
er sagt ja zu allem was er liebt
er sagt nein zu seinem Lehrer
er steht aufrecht
man befragt ihn
und alle Aufgaben sind gestellt
als plötzlich
ein tolles Lachen ihn befällt
und er löscht alles aus
die Wörter und die Zahlen
die Daten und die Namen
die Sätze und die Qualen
Und den Drohungen des Lehrers zum Trotz
unter dem Geschrei der Wunderkinder
zeichnet er mit Kreiden in allen Farben
auf die schwarze Tafel des Mißgeschicks
das Angesicht des Glücks.

Fleurs et Couronnes

Homme
Tu as regardé la plus triste la plus morne de toutes les fleurs de la terre
Et comme aux autres fleurs tu lui as donné un nom
Tu l'as appelée Pensée.
Pensée
C'était comme on dit bien observé
Bien pensé
Et ces sales fleurs qui ne vivent ni ne se fanent jamais
Tu les as appelées immortelles...
C'était bien fait pour elles...
Mais le lilas tu l'as appelé lilas
Lilas c'était tout à fait ça
Lilas... Lilas...
Aux marguerites tu as donné un nom de femme
Ou bien aux femmes tu as donné un nom de fleur
C'est pareil.
L'essentiel c'était que ce soit joli
Que ça fasse plaisir...
Enfin tu as donné les noms simples à toutes les fleurs simples
Et la plus grande la plus belle
Celle qui pousse toute droite sur le fumier de la misère
Celle qui se dresse à côté des vieux ressorts rouillés
A côté des vieux chiens mouillés
A côté des vieux matelas éventrés
A côté des baraques de planches où vivent les sousalimentés
Cette fleur tellement vivante
Toute jaune toute brillante
Celle que les savants appellent Hélianthe
Toi tu l'as appelée soleil
... Soleil...
Hélas! hélas! hélas et beaucoup de fois hélas!
Qui regarde le soleil hein?
Qui regarde le soleil?
Personne ne regarde plus le soleil
Les hommes sont devenus ce qu'ils sont devenus
Des hommes intelligents...
Une fleur cancéreuse tubéreuse et méticuleuse à leur boutonnière
Ils se promènent en regardant par terre
Et ils pensent au ciel
Ils pensent... Ils pensent... ils n'arrêtent pas de penser...
Ils ne peuvent plus aimer les véritables fleurs vivantes

Das Stiefmütterchen = La Pensée = Der Gedanke

Mensch
Du hast die traurigste die trübste aller Blumen angeschaut
Und hast ihr wie den andern Blumen einen Namen gegeben
Du hast sie Gedanke genannt
Gedanke
Das war wie man so sagt gut beobachtet
Ein guter Gedanke
Und die häßliche Blume die nie lebt und nie welkt
Hast du Immortelle genannt...
Für sie war das nicht schlecht...
Aber den Flieder hast du Flieder genannt
Flieder das ist gut und recht
Der Margerite hast du einen Frauennamen gegeben
Oder vielmehr den Frauen einen Blumennamen
Es kommt auf dasselbe heraus
Wichtig nur daß es hübsch war
Und Freude machte...
Schließlich hast du allen einfachen Blumen einfache Namen gegeben
Und die größte die schönste
Jene die steil auf dem Mist der Armut wächst
Die sich reckt neben alten rostigen Revieren
Neben alten verreckenden Katzen
Neben alten zerschlitzten Matratzen
Neben Holzbaracken wo die Unterernährten dahinvegetieren
Jene so lebendige Blume
Die ganz gelb und strahlend brennt
Und die der Gelehrte Helianthus nennt
Hast du Sonnenblume genannt
...Sonnenblume...
Ach! Ach! Ach und tausendmal Ach!
Wer schaut die Sonnenblume an?
Wer schaut die Sonne an?
Niemand schaut mehr die Sonne an
Die Menschen sind geworden was sie geworden sind
Kluge Menschen...
Im Knopfloch eine krebskranke schwindsüchtige ängstliche Blume die müde niederhängt
Gehn sie spazieren den Blick auf die Erde gesenkt
Und denken an den Himmel
Sie denken... sie denken...
Sie vermögen nicht mehr die wahren die lebendigen Blumen zu lieben

Ils aiment les fleurs fanées les fleurs séchées
Les immortelles et les pensées
Et ils marchent dans la boue des souvenirs dans la boue des regrets …
Ils se traînent
A grand-peine
Dans les marécages du passé
Et ils traînent … ils traînent leurs chaînes
Et ils traînent les pieds au pas cadencé …
Ils avancent à grand-peine
Enlisés dans leurs champs-élysées
Et ils chantent à tue-tête la chanson mortuaire
Oui ils chantent
A tue-tête
Mais tout ce qui est mort dans leur tête
Pour rien au monde ils ne voudraient l'enlever
Parce que
Dans leur tête
Pousse la fleur sacrée
La sale maigre petite fleur
La fleur malade
La fleur aigre
La fleur toujours fanée
La fleur personnelle …
… La pensée …

Sie lieben die welken Blumen die sterbenskranken
Die Immortellen und die Gedanken
Und sie waten durch den Schlamm der Erinnerung durch den Schlamm der Reue
Sie ziehen
Mit Mühen
Durch den Sumpf der Vergangenheit
Sie schleppen sich ... sie schleppen ihre Ketten mit
Und schleppen den Fuß in ruckendem Schritt
Mit Mühe nur kommen sie weiter
Und sie singen zum Kopfzerspringen das Totenlied
Ja sie singen
Zum Kopfzerspringen
Doch alles was zersprungen und tot ist in ihrem Kopf
Möchten sie um nichts in der Welt entfernen
Denn
in ihrem Kopf
Wächst die verfluchte Blume
Die häßliche armselige kleine Blume
Die kranke Blume
Die bittere Blume
Des Menschen ureigenste Blume
... Der Gedanke ...

Le retour au pays

C'est un Breton qui revient au pays natal
Après avoir fait plusieurs mauvais coups
Il se promène devant les fabriques à Douarnenez
Il ne reconnaît personne
Personne ne le reconnaît
Il est très triste.
Il entre dans une crêperie pour manger des crêpes
Mais il ne peut pas en manger
Il a quelque chose qui les empêche de passer
Il paye
Il sort
Il allume une cigarette
Mais il ne peut pas la fumer.
Il ya quelque chose
Quelque chose dans sa tête
Quelque chose de mauvais
Il est de plus en plus triste
Et soudain il se met à se souvenir:
Quelqu'un lui a dit quand il était petit
«Tu finiras sur l'échafaud»
Et pendant des années
Il n'a jamais osé rien faire
Pas même traverser la rue
Pas même partir sur la mer
Rien absolument rien.
Il se souvient.
Celui qui avait tout prédit c'est l'oncle Grésillard
L'oncle Grésillard qui portait malheur à tout le monde
La vache!
Et le Breton pense à sa sœur
Qui travaille à Vaugirard
A son frère mort à la guerre
Pense à toutes les choses qu'il a vues
Toutes les choses qu'il a faites.
La tristesse se serre contre lui
Il essaie une nouvelle fois
D'allumer une cigarette
Mais il n'a pas envie de fumer
Alors il décide d'aller voir l'oncle Grésillard.
Il y va
Il ouvre la porte
L'oncle ne le reconnaît pas

Heimkehr

Ein Bretone kehrt in seine Heimat zurück
Nachdem ihm einiges schief geraten ist
Er geht vor den Fabriken in Douarnenez spazieren
Er erkennt niemanden wieder
Niemand erkennt ihn wieder
Er ist sehr traurig.
Er betritt eine Bäckerei um Krapfen zu essen
Aber er kann nicht essen
Irgend etwas läßt die Krapfen nicht durch
Er bezahlt
Er geht
Er zündet eine Zigarette an
Aber er kann sie nicht rauchen.
Da ist etwas
Etwas in seinem Kopf
Etwas Übles
Er wird immer trauriger
Und plötzlich beginnt er sich zu erinnern:
Als er klein war hat jemand zu ihm gesagt
«Du wirst auf dem Schafott enden»
Und in all den Jahren
Hat er nichts zu tun gewagt
Nicht einmal die Straße zu überschreiten
Nicht einmal das Meer zu befahren
Nichts nichts gar nichts.
Er erinnert sich.
Der das vorausgesagt hatte war Onkel Grésillard
Onkel Grésillard der allen Leuten Unglück brachte
Der Saukerl!
Und der Bretone denkt an seine Schwester
Die in der Großstadt arbeitet
An seinen Bruder der im Kriege fiel
Er denkt an alles was er gesehen hat
An alles was er je getan
Die Traurigkeit bedrängt ihn
Abermals versucht er
Eine Zigarette zu rauchen
Aber sie schmeckt ihm nicht
Da beschließt er Onkel Grésillard aufzusuchen.
Er geht hin
Er öffnet die Tür
Der Onkel erkennt ihn nicht

Mais lui le reconnaît
Et il lui dit:
«Bonjour oncle Grésillard»
Et puis il lui tord le cou.
Et il finit sur l'échafaud à Quimper
Après avoir mangé deux douzaines de crêpes
Et fumé une cigarette.

Aber er erkennt ihn
Und sagt:
«Guten Tag Onkel Grésillard»
Und dann dreht er ihm den Hals um
Und endet auf dem Schafott in Quimper.
Nachdem er zwei Dutzend Krapfen gegessen
Und eine Zigarette geraucht hat.

Le concert n'a pas été réussi

Compagnons des mauvais jours
Je vous souhaite une bonne nuit
Et je m'en vais.
La recette a été mauvaise
C'est de ma faute
Tous les torts sont de mon côté
J'aurais dû vous écouter
J'aurais dû jouer du caniche
C'est une musique qui plaît
Mais je n'en ai fait qu'à ma tête
Et puis je me suis énervé.
Quand on joue du chien à poil dur
Il faut ménager son archet
Les gens ne viennent pas au concert
Pour entendre hurler à la mort
Et cette chanson de la Fourrière
Nous a causé le plus grand tort.
Compagnons des mauvais jours
Je vous souhaite une bonne nuit
Dormez
Rêvez
Moi je prends ma casquette
Et puis deux ou trois cigarettes dans le paquet
Et je m'en vais...
Compagnons des mauvais jours
Pensez à moi quelquefois
Plus tard...
Quand vous serez réveillés
Pensez à celui qui joue du phoque et du saumon fumé
Quelque part...
Le soir
Au bord de la mer
Et qui fait ensuite la quête
Pour acheter de quoi manger
Et de quoi boire...
Compagnons des mauvais jours
Je vous souhaite une bonne nuit...
Dormez
Rêvez
Moi je m'en vais.

Das Konzert war kein Erfolg

Gefährten meiner schlechten Tage
Ich wünsche euch eine gute Nacht
Und gehe.
Die Einnahmen waren schlecht
Daran bin ich schuld
Alle Fehler hab ich allein gemacht
Ich hätte auf euch hören sollen
Ich hätte das brave Hündchen spielen sollen
Das ist die Musik die gefällt
Aber ich hab's nur nach meinem Kopf gemacht
Und dann hab ich die Nerven verloren.
Wenn man den bissigen Hund spielt
Darf man den Bogen nicht überspannen
Die Leute kommen nicht ins Konzert
Um sich grausig umheulen zu lassen
Und dieses Lied von der Marketenderin
War nicht das richtige für die Massen
Gefährten meiner schlechten Tage
Ich wünsche euch eine gute Nacht
Schlaft wohl
Träumt gut
Ich nehme meinen Hut
Und zwei oder drei Zigaretten
Und gehe...
Gefährten meiner schlechten Tage
Denkt bisweilen an mich
Späterhin...
Wenn ihr erwacht
Denkt an jenen der irgendwo Seehund spielt
Irgendwo...
Abends
Am Ufer des Meeres
Und der dann betteln geht
Und sich etwas zu essen ersteht
Und zu trinken...
Gefährten meiner schlechten Tage
Ich wünsche euch eine gute Nacht...
Schlaft wohl
Träumt gut
Ich gehe.

Le temps des noyaux

Soyez prévenus vieillards
soyez prévenus chefs de famille
le temps où vous donniez vos fils à la patrie
comme on donne du pain aux pigeons
ce temps-là ne reviendra plus
prenez-en votre parti
c'est fini
le temps des cerises ne reviendra plus
et le temps des noyaux non plus
inutile de gémir
allez plutôt dormir
vous tombez de sommeil
votre suaire est fraîchement repassé
le marchand de sable va passer
préparez vos mentonnières
fermez vos paupières
le marchand de gadoue va vous emporter
c'est fini les trois mousquetaires
voici le temps des égoutiers

Lorsque avec un bon sourire dans le métropolitain
poliment vous nous demandiez
deux points ouvrez les guillemets
descendez-vous à la prochaine
jeune homme
c'est de la guerre dont vous parliez
mais vous ne nous ferez plus le coup du père Français
non mon capitaine
non monsieur un tel
non papa
non maman
nous ne descendrons pas à la prochaine
ou nous vous descendrons avant
on vous foutra par la portière
c'est plus pratique que le cimetière
c'est plus gai
plus vite fait
c'est moins cher

Quand vous tiriez à la courte paille
c'était toujours le mousse qu'on bouffait
mais le temps des joyeux naufrages est passé

Es ist aus

Seid gewarnt ihr Greise
seid gewarnt Familienväter
die Zeit da ihr die Söhne gabt dem Vaterland
wie man den Tauben Brotkrumen gibt
die Zeit kehrt nicht wieder
macht euch damit bekannt
es ist aus
vorbei die Kirschenzeit
Seufzen hat keinen Sinn
legt euch lieber lang hin
ihr fallt ja um vor Müdigkeit
euer Leichentuch ist frisch geplättet
haltet eure Kinnbinden bereit
schließt eure Lider
der Althändler wird euch zum Schuttplatz führen
aus ist's mit den drei Musketieren
die Zeit der Kloakenreiniger steht vor den Türen

Als ihr uns mit nettem Lächeln
höflich fragtet in der U-Bahn
Doppelpunkt Anführungsstriche
steigen Sie an der Nächsten aus
junger Mann
da spieltet auf den Krieg ihr an
aber ihr spielt uns den väterlichen Streich nicht mehr
nein Herr Hauptmann
nein Herr Soundso
nein Papa
nein Mama
wir steigen nicht an der Nächsten aus
wir setzen euch vorher ab
wir pfeffern euch zum Fenster hinaus
es ist praktischer als ein Grab
es ist ein lustiges Spiel
es geht schneller
und kostet nicht so viel

Immer wenn ihr den Kürzeren zogt
fiel man über den Schiffsjungen her
doch die Zeit der fröhlichen Schiffbrüche ist vorübergewogt
und jetzt fallen die Admiräle ins Meer
glaubt nicht daß wir hilfreich zum Rettungsring greifen

lorsque les amiraux tomberont à la mer
ne comptez pas sur nous pour leur jeter la bouée
à moins qu'elle ne soit en pierre
ou en fer à repasser
il faut en prendre votre parti
le temps des vieux vieillards est fini

Lorsque vous reveniez de la revue
avec vos enfants sur vos épaules
vous étiez saouls sans avoir rien bu
et votre moelle épinière
faisait la folle et la fière
devant la caserne de la Pépinière
vous travailliez de la crinière
quand passaient les beaux cuirassiers
et la musique militaire
vous chatouillait de la tête aux pieds
vous chatouillait
et les enfants que vous portiez sur vos épaules
vous les avez laissés glisser dans la boue tricolore
dans la glaise des morts
et vos épaules se sont voûtées
il faut bien que jeunesse se passe
vous l'avez laissée trépasser

Hommes honorables et très estimés
dans votre quartier
vous vous rencontrez
vous vous congratulez
vous vous coagulez
hélas hélas cher Monsieur Babylas
j'avais trois fils et je les ai donnés
à la patrie
hélas hélas cher Monsieur de mes deux
moi je n'en ai donné que deux
on fait ce qu'on peut
ce que c'est que de nous...
avez-vous toujours mal aux genoux
et la larme à l'œil
la fausse morve de deuil
le crêpe au chapeau
les pieds bien au chaud
les couronnes mortuaires
et l'ail dans le gigot
vous souvenez-vous de l'avant-guerre

es sei denn er sei
aus Stein oder aus Blei
ergreift ihn ergreift eure Partei
die Zeit der Greise ist vorbei

Wenn ihr heimkamt von der Truppenschau
eure Kinder auf den Schultern
wart ihr ohne zu trinken blau
und euer Rückenmark
reckte sich verzückt und stark
vor der Kaserne und vor dem Schilderhaus
in Helmschweifen schweiftet ihr aus
wenn die Kürassiere vorüberritten
und die Militärmusik
kitzelte euch vom Kopf bis in die Sohlen
kitzelte euch wie anbefohlen
und die Kinder auf euren Schultern
ließt ihr sinken in den dreigestreiften Kot
in den Leichenmist
eure Schultern sind eben sehr devot
Jugend vergeht
ihr habt gesorgt daß sie vergangen ist

Ihr ehrenwerten Männer die ihr weit und breit
in eurer Wohngegend geachtet seid
wenn ihr euch begegnet
und es Komplimente regnet
ach lieber Herr Wohlbekannt
ich hatte drei Söhne und hab sie hingegeben
dem Vaterland
ach lieber Herr von meinen zweien
konnt ich nur zwei dem Vaterlande weihen
man tut eben was man kann
an uns fehlt es nicht...
leiden Sie noch immer an Gicht
und an feuchten Augen
am falschen Trauerrotz
das schwarze Band am Arm
die Füße gut warm
der Totenkranz
und Rotwein und Lorbeer an den Ochsenschwanz
erinnern Sie sich noch an die Vorkriegszeit
Pferdebahnen Absinth zur Genüge
geschnürte Weiblichkeit
Fackelzüge

les cuillères à absinthe les omnibus à chevaux
les épingles à cheveux
les retraites aux flambeaux
ah que c'était beau
c'était le bon temps

Bouclez-la vieillards
cessez de remuer votre langue morte
entre vos dents de faux ivoire
le temps des omnibus à chevaux
le temps des épingles à cheveux
ce temps-là ne reviendra plus
à droite par quatre
rassemblez vos vieux os
le panier à salade
le corbillard des riches est avancé
fils de saint Louis montez au ciel
la séance est terminée
tout ce joli monde se retrouvera là-haut
près du bon dieu des flics
dans la cour du grand dépôt

En arrière grand-père
en arrière père et mère
en arrière grands-pères
en arrière vieux militaires
en arrière les vieux aumôniers
en arrière les vieilles aumônières
la séance est terminée
maintenant pour les enfants
le spectacle va commencer.

o war das schön
es war eine herrliche Zeit

Haltet die Schnauze Greise
hört auf eure toten Zungen zu rühren
mit euren Zähnen aus falschem Elfenbein
die Zeit der Pferdebahnen
die Zeit der Fackelzüge und der Ulanen
sie kehrt nicht wieder
in Viererreihen rechts schwenkt marsch
packt eure alten Knochen ein
der Henkerkarren
der Leichenwagen ist vorgefahren
steigt auf zum Himmelstor
die Vorstellung ist vorbei
droben findet ihr alles wieder vor
beim lieben Schupo-Gott
im großen Hof der Polizei

Zurück Herr Großpapa
Zurück Papa zurück Mama
zurück die Feldprediger von gestern
zurück die frommen Schwestern
zurück ihr alten Militärs
die Vorstellung ist vorbei
zurück Herr Urgroßvater
und es beginnt jetzt eins zwei drei
das große Kindertheater.

Chanson des escargots qui vont à l'enterrement

A l'enterrement d'une feuille morte
Deux escargots s'en vont
Ils ont la coquille noire
Du crêpe autour des cornes
Ils s'en vont dans le noir
Un très beau soir d'automne
Hélas quand ils arrivent
C'est déja le printemps
Les feuilles qui étaient mortes
Sont toutes ressuscitées
Et les deux escargots
Sont très désappointés
Mais voilà le soleil
Le soleil qui leur dit
Prenez prenez la peine
La peine de vous asseoir
Prenez un verre de bière
Si le cœur vous en dit
Prenez si ça vous plaît
L'autocar pour Paris
Il partira ce soir
Vous verrez du pays
Mais ne prenez pas le deuil
C'est moi qui vous le dis
Ça noircit le blanc de l'œil
Et puis ça enlaidit
Les histoires de cercueils
C'est triste et pas joli
Reprenez vos couleurs
Les couleurs de la vie
Alors toutes les bêtes
Les arbres et les plantes
Se mettent à chanter
A chanter à tue-tête
La vraie chanson vivante
La chanson de l'été
Et tout le monde de boire
Tout le monde de trinquer
C'est un très joli soir
Un joli soir d'été
Et les deux escargots

Lied von den Schnecken die zum Begräbnis ziehn

Zwei Schnecken ziehen zum Begräbnis
Des verstorbenen Blattes
Schwarz ist ihr Schneckenhaus
Und ihre Hörnchen tragen einen Trauerflor
So ziehn sie in die Dämmerung
An einem herbstlich schönen Abend
Doch als sie endlich ankommen
Ist's schon Frühling
Die toten Blätter
Sind alle auferstanden
Und die beiden Schnecken
Sind arg enttäuscht
Die Sonne aber
Spricht
Nehmt doch wenigstens Platz
Trinkt ein Glas Bier
Wenn's euch danach ist
Nehmt wenn ihr mögt
Den Omnibus nach Paris
Er fährt heut abend
Die Landschaft ist sehenswert
Aber tragt keine Trauer
Ich bitte drum
Es trübt das Weiße im Auge
Und macht häßlich
Grabgeschichten
Sind traurig und gar nicht nett
Tragt wieder Farben
Die Farben des Lebens
Da beginnen alle Tiere
Alle Bäume und Pflanzen
Aus vollem Hals zu singen
Das große Lebenslied
Das Lied des Sommers
Und alles trinkt und prostet
Es ist ein wirklich hübscher Abend
Ein hübscher Sommerabend
Und die beiden Schnecken
Kehren nach Hause zurück
Sehr erhoben
Voller Glück

S'en retournent chez eux
Ils s'en vont très émus
Ils s'en vont très heureux
Comme ils ont beaucoup bu
Ils titubent un p'tit peu
Mais là-haut dans le ciel
La lune veille sur eux.

Ein bißchen torkeln sie
Des vielen Trinkens ungewohnt
Aber am Himmel droben
Behütet sie der alte Mond.

Riviera

Assise sur une chaise longue
une dame à la langue fanée
une dame longue
plus longue que sa chaise longue
et très âgée
prend ses aises
on lui a dit sans doute que la mer était là
alors elle la regarde
mais elle ne la voit pas
et les présidents passent et la saluent très bas
c'est la baronne Crin
la reine de la carie dentaire
son mari c'est le baron Crin
le roi du fumier de lapin
et tous à ses grands pieds sont dans leurs petits souliers
et ils passent devant elle et la saluent très bas
de temps en temps
elle leur jette un vieux cure-dents
ils le sucent avec ravissement
en continuant leur promenade
leurs souliers neufs craquent et leurs vieux os aussi
et des villas arrive une musique blême
une musique aigre
et sure
comme les cris d'un nouveau-né trop longtemps négligé
c'est nos fils
c'est nos fils disent les présidents
et ils hochent la tête doucement et fièrement
et leurs petits prodiges
désespérément
se jettent à la figure leurs morceaux de piano
la baronne prête l'oreille
cette musique lui plaît
mais son oreille tombe
comme une vieille tuile d'un toit
elle regarde par terre
et elle ne la voit pas
mais l'aperçoit seulement
et la prend
tout bonnement
pour une feuille morte apportée par le vent
c'est alors que s'arrête

Riviera

Auf einer Ottomane
ruht behaglich eine Dame
eine Dame mit welker Zunge
eine lange Dame
eine sehr alte Dame
sicherlich hat man ihr gesagt das Meer sei dort
darum betrachtet sie es in einem fort
aber sie sieht es nicht
und die Präsidenten gehn vorbei und grüßen sie sehr ergeben
die Baronin Crin ist es
die Königin der Zahnfäule
ihr Mann ist der Baron Crin
der König des Kaninchenmistes
und die Präsidenten gehn vorbei und grüßen sie sehr ergeben
von Zeit zu Zeit
in besonderen Augenblicken
wirft sie ihnen einen alten Zahnstocher zu
sie lutschen ihn mit Entzücken
und setzen ihre Promenade fort
ihre neuen Schuhe krachen und ihre alten Knochen auch
und aus den Villen wimmert
eine fahle Musik
bittere Töne
wie das Geschrei eines Neugeborenen um das sich niemand kümmert
es sind unsere Söhne
es sind unsere Söhne sagen die Präsidenten
und schütteln den Kopf stolz und schlicht
und ihre kleinen Wunderkinder
schmeißen sich verzweifelt Klavierstücke ins Gesicht
die Baronin ist ganz Ohr
solche Musik macht sie munter
aber da fällt ihr das Ohr herunter
wie ein alter Dachziegel
sie schaut zu Boden
und sieht das Ohr nicht
sondern betrachtet es nur
und hält es
für ein welkes Blatt das der Wind herbeigewischt
nun ist auch fast vorbei
der Kinder trauriges Geschrei
und die Baronin lauscht nur noch
mit einem einzelnen zerstreuten Ohr

la triste clameur des enfants
que la baronne n'entendait plus d'ailleurs
que d'une oreille distraite
et dépareillée
et que surgissent brusquement
gambadent dans sa pauvre tête
en toute liberté
les vieux refrains puérils méchants et périmés
de sa mémoire inquiète usée et déplumée
et comme elle cherche vainement
pour passer le temps
qui la menace et qui la guette
un bon regret bien triste et bien attendrissant
qui puisse la faire rire aux larmes
ou même pleurer tout simplement
elle ne trouve qu'un souvenir incongru inconvenant
l'image d'une vieille dame assise toute nue
sur la bosse d'un chameau
et qui tricote méchamment une omelette au guano.

da treten mit einem Mal
da hüpfen zu ihrer Qual
die Refrains alter Kinderlieder
in ihr unruhiges verbrauchtes zerrupftes Gedächtnis
und es will ihr nicht gelingen
dadurch die Zeit herumzubringen
die sie belauert und bedroht
daß sie eine recht traurige und rührende Geschichte findet
die bewirken könnte daß sie Tränen lacht
oder die sie einfach weinen macht
ihr fällt nur etwas ganz Unpassendes Unschickliches ein
das Bild einer alten Dame die völlig nackt und allein
sich auf dem Höcker eines Kameles räkelt
und grimmig ein Omelett aus Vogelmist häkelt.

La grasse matinée

Il est terrible
le petit bruit de l'œuf dur cassé sur un comptoir d'étain
il est terrible ce bruit
quand il remue dans la mémoire de l'homme qui a faim
elle est terrible aussi la tête de l'homme
la tête de l'homme qui a faim
quand il se regarde à six heures du matin
dans la glace du grand magasin
une tête couleur de poussière
ce n'est pas sa tête pourtant qu'il regarde
dans la vitrine de chez Potin
il s'en fout de sa tête l'homme
il n'y pense pas
il songe
il imagine une autre tête
une tête de veau par exemple
avec une sauce de vinaigre
ou une tête de n'importe quoi qui se mange
et il remue doucement la mâchoire
doucement
et il grince des dents doucement
car le monde se paye sa tête
et il ne peut rien contre ce monde
et il compte sur ses doigts un deux trois
un deux trois
cela fait trois jours qu'il n'a pas mangé
et il a beau se répéter depuis trois jours
Ça ne peut pas durer
ça dure
trois jours
trois nuits
sans manger
et derrière ces vitres
ces pâtés ces bouteilles ces conserves
poissons morts protégés par les boîtes
boîtes protégées par les vitres
vitres protégées par les flics
flics protégés par la crainte
que de barricades pour six malheureuses sardines...

Un peu plus loin le bistro
café-crème et croissants chauds

So leben wir

Schrecklich
kracht ein hartes Ei das man auf der Theke zerschlägt
schreckliches Krachen
wenn es einen hungrigen Mann erregt
schrecklich auch des Mannes Kopf
der Kopf des Mannes der Hunger hat
wenn er frühmorgens in der Stadt
seinen Kopf im Schaufensterglas sieht
einen erdigen Kopf
doch sein Kopf macht ihn nicht satt
er träumt
er träumt einen anderen Kopf
einen Kalbskopf zum Beispiel
mit Sülze
oder sonst einen Kopf der eßbar ist
und er mahlt mit den Kiefern
ganz sacht
und er knirscht mit den Zähnen
daß es leise kracht
denn die Welt pfeift auf seinen Kopf
und er vermag nichts gegen die Welt
was hilft's daß er sich seit Tagen sagt
Das kann nicht so weitergehn
das geht weiter
Tage
Nächte
das geht Tage und Nächte so weiter
ohne Essen
und hinter der Scheibe stehn Delikatessen
tote Fische von Dosen beschützt
Dosen von Schaufenstern beschützt
Schupos von Furcht beschützt
so viel Barrikaden für sechs armselige Sardinen!

Ein Stückchen weiter das Lokal am Eck
Kaffee mit Sahne und Hefegebäck
belegte Brötchen
der Mann taumelt
in seinem Kopf irr
ein Wortgewirr
Sardinen
Ei Kaffee mit Sahne

l'homme titube
et dans l'intérieur de sa tête
un brouillard de mots
un brouillard de mots
sardines à manger
œuf dur café-crème
café arrosé rhum
café-crème
café-crème
café-crime arrosé sang!...

Un homme très estimé dans son quartier
a été égorgé en plein jour
l'assassin le vagabond lui a volé
deux francs
soit un café arrosé
zéro franc soixante-dix
deux tartines beurrées
et vingt-cinq centimes pour le pourboire du garçon.

Il est terrible
le petit bruit de l'œuf dur cassé sur un comptoir d'étain
il est terrible ce bruit
quand il remue dans la mémoire de l'homme qui a faim.

Kaffee mit Rum
null Francs siebzig
Kaffee mit Sahne
Kaffee mit Blut!

Bei hellichtem Tag ward ein Mann erschlagen
der in seinem Viertel große Achtung genoß
nicht viel hat der Mörder davongetragen
zwei Francs
das ist auf der Speisekarte verglichen
ein Kaffee mit Rum
null Francs siebzig
zwei Brötchen dünn bestrichen
null Francs fünfzig mal zwei
ein Franc
und dreißig Centimes Trinkgeld für den Kellner.

Die Menge hat den Mörder gefangen
hat den Lump gelyncht
und dann ist ein Jeder wieder
seiner Beschäftigung nachgegangen.

Chasse à l'enfant

A Marianne Oswald

Bandit! Voyou! Voleur! Chenapan!

Au-dessus de l'île on voit des oiseaux
Tout autour de l'île il y a de l'eau

Bandit! Voyou! Voleur! Chenapan!

Qu'est-ce que c'est que ces hurlements

Bandit! Voyou! Voleur! Chenapan!

C'est la meute des honnêtes gens
Qui fait la chasse à l'enfant

Il avait dit J'en ai assez de la maison de redressement
Et les gardiens à coups de clefs lui avaient brisé les dents
Et puis ils l'avaient laissé étendu sur le ciment

Bandit! Voyou! Voleur! Chenapan!

Maintenant il s'est sauvé
Et comme une bête traquée
Il galope dans la nuit
Et tous galopent après lui
Les gendarmes les touristes les rentiers les artistes

Bandit! Voyou! Voleur! Chenapan!

C'est la meute des honnêtes gens
Qui fait la chasse à l'enfant
Pour chasser l'enfant pas besoin de permis
Tous les braves gens s'y sont mis
Qu'est-ce qui nage dans la nuit
Quels sont ces éclairs ces bruits
C'est un enfant qui s'enfuit
On tire sur lui à coups de fusil

Bandit! Voyou! Voleur! Chenapan!

Tous ces messieurs sur le rivage
Sont bredouilles et verts de rage

Gejagtes Kind

Für Marianne Oswald

Räuber! Taugenichts! Dieb! Strolch!

Über der Insel sieht man Vögel schweben
Die ganze Insel ist von Wasser umgeben

Räuber! Taugenichts! Dieb! Strolch!

Sag was dies Heulen bedeute

Räuber! Taugenichts! Dieb! Strolch!

Es ist die kinderjagende Meute
Der tapferen ehrbaren Leute

Er sagte Ich habe genug vom Erziehungshaus
Und die Wächter schlugen ihm mit Schlüsseln die Zähne aus
Und ließen ihn liegen und gingen hinaus

Räuber! Taugenichts! Dieb! Strolch!

Auf und davon ist er jetzt
Wie ein Tier gehetzt
Er rennt in die Nacht hinein
Und alle rennen hinter ihm drein
Die Gendarmen die Touristen die Rentner die Artisten

Räuber! Taugenichts! Dieb! Strolch!

Es ist die kinderjagende Meute
Der tapferen ehrbaren Leute
Um Kinder zu jagen bedarf es des Jagdscheines nicht
Drum sind die Guten so drauf erpicht
Was schwimmt dort durchs nächtliche Dunkel
Was soll dieser Lärm dies Laternengefunkel
Ein flüchtendes Kind will den Strom überqueren
Sie schießen nach ihm mit ihren Gewehren

Räuber! Taugenichts! Dieb! Strolch!

Am Ufer die Herren sind grün vor Wut
Ihr Waidmannspech reizt sie aufs Blut

Bandit! Voyou! Voleur! Chenapan!

Rejoindras-tu le continent rejoindras-tu le continent

Au-dessus de l'île on voit des oiseaux
Tout autour de l'île il y a de l'eau.

Räuber! Taugenichts! Dieb! Strolch!

Wirst du das Festland erreichen ans rettende Ufer dich heben?

Über der Insel sieht man Vögel schweben
Die ganze Insel ist von Wasser umgeben.

Familiale

La mère fait du tricot
Le fils fait la guerre
Elle trouve ça tout naturel la mère
Et le père qu'est-ce qu'il fait le père?
Il fait des affaires
Sa femme fait du tricot
Son fils la guerre
Lui des affaires
Il trouve ça tout naturel le père
Et le fils et le fils
Qu'est-ce qu'il trouve le fils?
Il ne trouve rien absolument rien le fils
Le fils sa mère fait du tricot son père des affaires lui la guerre
Quand il aura fini la guerre
Il fera des affaires avec son père
La guerre continue la mère continue elle tricote
Le père continue il fait des affaires
Le fils est tué il ne continue plus
Le père et la mère vont au cimetière
Ils trouvent ça naturel le père et la mère
La vie continue la vie avec le tricot la guerre les affaires
Les affaires la guerre le tricot la guerre
Les affaires les affaires et les affaires
La vie avec le cimetière.

Familienbild

Die Mutter macht Strickarbeit
Der Sohn macht Krieg
Sie findet das ganz in Ordnung die Mutter
Und der Vater was macht der Vater?
Er macht Geschäfte
Seine Frau macht Strickarbeit
Sein Sohn Krieg
Er Geschäfte
Er findet das ganz in der Ordnung der Vater
Und der Sohn und der Sohn
Was findet der Sohn?
Er findet nichts absolut nichts der Sohn
Seine Mutter macht Strickarbeit sein Vater Geschäfte er Krieg
Wenn der Krieg zu Ende ist
Wird er Geschäfte machen wie sein Vater
Der Krieg geht weiter die Mutter macht weiter sie macht Strickarbeit
Der Vater macht weiter er macht Geschäfte
Der Sohn fällt und macht nicht weiter
Der Vater und die Mutter gehen zum Friedhof
Sie finden das ganz in der Ordnung der Vater und die Mutter
Das Leben geht weiter das Leben samt Strickarbeit und Geschäften
Geschäften Krieg Strickarbeit Krieg
Geschäften Geschäften Geschäftigkeit
Das Leben samt Friedhof.

Aux champs . . .

Il y a
paraît-il
dans une roseraie
une rose
qu'on appelle Veuve inconsolable du regretté Président
Doumergue
c'est triste
c'est regrettable
il y a
ou plutôt
il y a eu
un homme qui a écrit ces mots
Demain sur nos tombeaux les blés seront plus beaux
c'est triste
c'est regrettable
parce que le blé ne pousse pas
précisément
sur les tombeaux des hommes qui sont tombés
pour que monte ou descende
le cours du blé
ou même le cours de la pensée du charbon ou des fleurs
et pourtant on peut voir
gravée par de très honorables graveurs
sur l'effroyable billet de banque
sur l'épouvantable billet de faveur
la stupide gravure en couleur
l'affligeante et provocante image de labeur
où malgré lui le travailleur
est soigneusement représenté
tout joyeux le rire sur les lèvres
et l'outil à la main
ou bien
éclatant de santé
dans un ravissant paysage d'été
et fauchant en chantant alertement les blés
mais on ne voit jamais
l'image simple et vraie
le travailleur en sueur et fauché comme les blés
c'est triste
c'est regrettable
mais les gerbes sont liées
le travailleur aussi

Im Felde . . .

Es gibt
so heißt's
im Treibhaus
eine Rose
die man Untröstliche Witwe nennt
das ist traurig
das ist bedauerlich
es gibt
oder vielmehr
es gab
einen Mann der diese Zeilen schrieb
Morgen wird auf unsern Gräbern der Weizen schöner stehen
das ist traurig
das ist bedauerlich
denn der Weizen sprießt
genau genommen
auf dem Grab von Männern die verkommen
nicht etwa damit der Kurs des Weizens
steige oder falle
oder der Kurs des Denkens der Kohle der Metalle
andrerseits kann man überall sehen
von ehrenwerten Graveuren gestochen
auf der entsetzlichen Banknote
auf dem grausen Empfehlungswisch
auf dem einfältigen Zweifarbenstich
das traurige und herausfordernde Bild der Schwerarbeit
darauf man den Arbeiter gegen seinen Willen
sorgfältig abkonterfeit
sehr fröhlich mit lachendem Mund
und dem Werkzeug in der Hand
oder auch
wie er kerngesund
in herrlichem Sommerland
unter Gesang hurtig den Weizen mäht
nie aber wird dargestellt
das einfache und wahre Bild
des Arbeiters der schwitzt und blank ist wie das abgemähte Feld
das ist traurig
das ist bedauerlich
doch die Garben sind gebunden
und der Arbeiter auch der arme Tropf
die Großen mit ihren großen Banknoten und Pfunden

avec leurs grands billets les grands favorisés
se sont payé sa tête
et son corps tout entier
avec tout le travail de toutes ses années
toutes les gerbes sont liées
chaque grain est compté
chaque geste capté
chaque fleur arrachée
le blé monte et descend
en même temps que l'argent
en même temps que le sucre
en même temps que l'acier
et le compte du travailleur
est sagement réglé
à l'octroi de Profit
la guerre est déclarée
et sur la terre encore fraîchement remuée
dans les ruines des villes par eux-mêmes bâties
ceux qui étaient les plus vivants et les plus forts
les plus gais
les meilleurs
restent là immobiles couchés aux champs d'honneur
la tête dans la mort et la fleur au fusil
la mémorable fleur de leur si simple vie
et la fleur à son tour
doucement se pourrit
la fleur des amours la fleur des amis
et sur ce champ d'honneur
d'honneurs et de profits
un peu plus tard
sur ce champ d'honneur soigneusement nivelé
toute seule
la fleur artificielle
la rose invraisemblable
la fleur à faire vomir
la fleur à faire hurler
la veuve inconsolable du Président untel
blême et rose chou-fleur atrocement greffé
ignoble végétal stupidement simulé
encore une fois
de force
et avec le concours assuré de la musique militaire
est accrochée épinglée rivée
à la boutonnière de la terre
de la terre abîmée

spucken ihm auf den Kopf
und auf den Leib
auf seine jahrelangen Überstunden
alle Garben sind gebunden
jedes Korn ist gezählt
jeder Handstreich ist Gewinn
jede Blume ist hin
der Weizen steigt und fällt
zugleich mit dem Geld
zugleich mit dem Zucker
zugleich mit dem Stahl
und des Arbeiters Rechnung
wird geschickt abgewehrt
dem Profit zuliebe
wird Krieg erklärt
und auf der Erde die noch frisch gepflügt
in den Ruinen der Städte die sie Stein auf Stein gefügt
sie die Lebendigen die Festen
die Heitersten
die Besten
liegen sie reglos auf dem Felde der Ehre
den Kopf im Dreck die Blume am Gewehre
die denkwürdige Blume ihres Lebens das so schlicht geblieben
und die Blume ihrerseits
vermodert sacht
die Blume der Freundschaften die Blume der Lieben
und auf diesem Feld der Ehre
der Ehrenbezeigungen und der Profite
auf diesem Feld der Ehre das man sorgsam eingeebnet
wird ein wenig später
ganz für sich
die künstliche Blume
die unwahrscheinliche Rose
die Blume zum Speien
die Blume zum Schreien
die Untröstliche Witwe
fahl und rosig abscheulich krauser Blumenkohl
wird dieses plumpe heuchlerische gemeine Gewächs
noch einmal
mit Gewalt und in aller Schnelle
unter Mitwirkung der Militärkapelle
angesteckt angenadelt angelötet
ans Knopfloch der Erde
der Erde die man getötet
der einsamen Erde

de la terre solitaire
de la terre saccagée bafouée et désolée
désespérée
endimanchée.

der Erde die man geplündert verhöhnt und beschmutzt
die ohne Hoffnung ist
und sonntäglich herausgeputzt.

L'effort humain

L'effort humain
n'est pas ce beau jeune homme souriant
debout sur sa jambe de plâtre
ou de pierre
et donnant grâce aux puérils artifices du statuaire
l'imbécile illusion
de la joie de la danse et de la jubilation
évoquant avec l'autre jambe en l'air
la douceur du retour à la maison
Non
l'effort humain ne porte pas un petit enfant sur l'épaule droite
un autre sur la tête
et un troisième sur l'épaule gauche
avec les outils en bandoulière
et la jeune femme heureuse accrochée à son bras
L'effort humain porte un bandage herniaire
et les cicatrices des combats
livrés par la classe ouvrière
contre un monde absurde et sans lois
L'effort humain n'a pas de vraie maison
il sent l'odeur de son travail
et il est touché aux poumons
son salaire est maigre
ses enfants aussi
il travaille comme un nègre
et le nègre travaille comme lui
L'effort humain n'a pas de savoir-vivre
l'effort humain n'a pas l'âge de raison
l'effort humain a l'âge des casernes
l'âge des bagnes et des prisons
l'âge des églises et des usines
l'âge des canons
et lui qui a planté partout toutes les vignes
et accordé tous les violons
il se nourrit de mauvais rêves
et il se saoule avec le mauvais vin de la résignation
et comme un grand écureuil ivre
sans arrêt il tourne en rond
dans un univers hostile
poussiéreux et bas de plafond
et il forge sans cesse la chaîne

Das menschliche Streben

Das menschliche Streben
gleicht nicht jenem schönen jungen lächelnden Epheben
der gipsern auf seinem Standbein balanciert
und kindlichen Kunstjüngern die Statik demonstriert
einfältige Gaukelei
aus Freude Tanz und Jubelschrei
es gleicht nicht jenem der mit spielerischem Bein
heraufbeschwört den Weg zum eignen Heim
Nein
das menschliche Streben trägt kein Kleinkind auf der rechten Schulter
kein zweites auf dem Haupt
kein drittes auf der linken Schulter
kein Werkzeugbeutel ist ihm munter umgehängt
kein junges Weib das froh in seinen Arm sich drängt
Ein Bruchband trägt des Menschen Streben
es trägt die Narben der Gefechte
die gegen alles Schlechte
und gegen alles Ungerechte
der Arbeiter seit je geführt
Das menschliche Streben hat kein eignes Heim
es atmet seiner Arbeit saure Düfte ein
es ist ein wenig tuberkulös
sein Lohn ist mager
seine Kinder sind skrofulös
es arbeitet wie ein Neger
und der Neger arbeitet gleich ihm
Das menschliche Streben wird nie feine Manieren lernen
das menschliche Streben weiß von der Reifezeit nichts
das menschliche Streben kennt nur die Zeit der Kasernen
die Zeit der Gefängnisse und des Gerichts
die Zeit der Kirchen und der Fabriken
die Zeit der Kanonen und der Handelsrubriken
Das menschliche Streben
das die Reben pflanzte und die Kelter brachte zum Schäumen
das die Melodie holte aus dem Nichts
es nährt sich von bösen Träumen
und besäuft sich am schlechten Wein des Verzichts
einem trunkenen Eichhorn gleich
rotiert es rastlos im Kreis
inmitten einer feindlichen Welt
staubig und niedrig gestellt
und schmiedet rastlos die eigenen Ketten

la terrifiante chaîne où tout s'enchaîne
la misère le profit le travail la tuerie
la tristesse le malheur l'insomnie et l'ennui
la terrifiante chaîne d'or
de charbon de fer et d'acier
de mâchefer et de poussier
passée autour du cou
d'un monde désemparé
la misérable chaîne
où viennent s'accrocher
les breloques divines
les reliques sacrées
les croix d'honneur les croix gammées
les ouistitis porte-bonheur
les médailles des vieux serviteurs
les colifichets du malheur
et la grande pièce de musée
le grand portrait équestre
le grand portrait en pied
le grand portrait de face de profil à cloche-pied
le grand portrait doré
le grand portrait du grand divinateur
le grand portrait du grand empereur
le grand portrait du grand penseur
du grand sauteur
du grand moralisateur
du digne et triste farceur
la tête du grand emmerdeur
la tête de l'agressif pacificateur
la tête policière du grand libérateur
la tête d'Adolf Hitler
la tête de monsieur Thiers
la tête du dictateur
la tête du fusilleur
de n'importe quel pays
de n'importe quelle couleur
la tête odieuse
la tête malheureuse
la tête à claques
la tête à massacre
la tête de la peur.

die furchtbaren Ketten die alles verketten
das Elend den Vorteil die Arbeit den Massenmord
die Trauer das Unglück den Überdruß
die furchtbare Kette aus Gold
aus Kohle aus Eisen aus Stahl
aus Schlacke aus Dreck und Staub
die Halskette einer Welt in Qual
elende Kette
an die sich hängen
die Weihegaben
die Bankguthaben
die Fetische der Kirche
die Fetische der Heiden
die Hakenkreuze die Orden für Verdienste ums Vaterland
des Unheils billiger Tand
und das große Museumsstück von bleibendem Wert
das große Bildnis zu Pferd
das große Bildnis zu Fuß
das große Bildnis von vorn im Profil auf einem Bein
das große Bildnis im Rahmen von Gold und Edelstein
das große Bildnis des großen Verkünders
das große Bildnis des großen Weltanzünders
das große Bildnis des großen Denkers
des großen Henkers
des großen Moralisten
des traurigen Kabarettisten
der Kopf des friedlichen Durchdringers
der Kopf des aggressiven Friedensbringers
der Polizistenkopf des wölfischen Mittlers
der Kopf Adolf Hitlers
der Kopf des Machtgenießers
der Kopf des Erschießers
ganz gleich welcher Nation
ganz gleich welcher Mutter Sohn
der Kopf der Haß erzwingt
der Kopf der Unglück bringt
der Kopf mit dem Ohrfeigengesicht
der Kopf über dem Blutgericht
der Kopf der Furcht.

Je suis comme je suis

Je suis comme je suis
Je suis faite comme ça
Quand j'ai envie de rire
Oui je ris aux éclats
J'aime celui qui m'aime
Est-ce ma faute à moi
Si ce n'est pas le même
Que j'aime chaque fois
Je suis comme je suis
Je suis faite comme ça
Que voulez-vous de plus
Que voulez-vous de moi

Je suis faite pour plaire
Et n'y puis rien changer
Mes talons sont trop hauts
Ma taille trop cambrée
Mes seins beaucoup trop durs
Et mes yeux trop cernés
Et puis après
Qu'est-ce que ça peut vous faire
Je suis comme je suis
Je plais à qui je plais

Qu'est-ce que ça peut vous faire
Ce qui m'est arrivé
Oui j'ai aimé quelqu'un
Oui quelqu'un m'a aimée
Comme les enfants qui s'aiment
Simplement savent aimer
Aimer aimer...
Pourquoi me questionner
Je suis là pour vous plaire
Et n'y puis rien changer.

Ich bin wie ich bin

Ich bin die ich bin
Ich bin so gebaut
Kommts mir in den Sinn
So lache ich laut
Ich lieb den der mich liebt
Was kann ich dazu
Daß es mehrere gibt
Ich lieb immerzu
Ich bin wie ich bin
Was kann ich dafür
Mehr ist nicht drin
Was wollt ihr von mir

Ich gefalle nun mal
Und füge mich halt
Zu hoch meine Stöckel
Zu voll die Gestalt
Die Brust viel zu hart
Das Auge zu alt
Doch alles in allem
Machts euch ja nichts aus
Ich bin wie ich bin
Ich weiß zu gefallen

Es macht euch nichts aus
Ob mich was betrübt
Jawohl ich liebte ihn
Und er hat mich geliebt
Wie Kinder die sich lieben
Und nur von Liebe wissen
Von Liebe von Liebe
Wozu die Fragereien
Ich gefalle nun mal
Und füg mich darein.

Chanson dans le sang

Il y a de grandes flaques de sang sur le monde
où s'en va-t-il tout ce sang répandu
est-ce la terre qui le boit et qui se saoule
drôle de soulographie alors
si sage... si monotone...
Non la terre ne se saoule pas
la terre ne tourne pas de travers
elle pousse régulièrement sa petite voiture ses quatre saisons
la pluie... la neige...
la grêle... le beau temps...
jamais elle n'est ivre
c'est à peine si elle se permet de temps en temps
un malheureux petit volcan
Elle tourne la terre
elle tourne avec ses arbres... ses jardins... ses maisons...
elle tourne avec ses grandes flaques de sang
et toutes les choses vivantes tournent avec elle et saignent...
Elle elle s'en fout
la terre
elle tourne et toutes les choses vivantes se mettent à hurler
elle s'en fout
elle tourne
elle n'arrête pas de tourner
et le sang n'arrête pas de couler...
Où s'en va-t-il tout ce sang répandu
le sang des meurtres... le sang des guerres...
le sang de la misère...
et le sang des hommes torturés dans les prisons...
le sang des enfants torturés tranquillement par leur
papa et leur maman...
et le sang des hommes qui saignent de la tête
dans les cabanons...
et le sang du couvreur
quand le couvreur glisse et tombe du toit
Et le sang qui arrive et qui coule à grands flots
avec le nouveau-né... avec l'enfant nouveau...
la mère qui crie... l'enfant pleure...
le sang coule... la terre tourne
la terre n'arrête pas de tourner
le sang n'arrête pas de couler
Où s'en va-t-il tout ce sang répandu
le sang des matraqués... des humiliés...

Das Lied vom Blut

Große Blutlachen sind auf der Welt
Wo bleibt all das vergoßne Blut
Trinkt es die Erde besäuft sie sich
Drollige Sauferdkunde
So vernünftig ... so eintönig ...
Nein die Erde besäuft sich nicht
Die Erde torkelt nicht umher
Sie schiebt brav ihr Wägelchen durch den Kalender
Regen ... Schnee ...
Hagel ... Schönwetter ...
Nie ist sie trunken
Kaum erlaubt sie sich ab und an
Einen armseligen Vulkan
Die Erde dreht sich
Mit ihren Bäumen ... ihren Gärten ... ihren Häusern
Sie dreht sich mit ihren großen Blutlachen
Und alles Lebendige dreht sich mit ihr und blutet ...
Sie pfeift drauf
Die Erde
Sie dreht sich und alles Lebendige beginnt zu heulen
Sie pfeift drauf
Sie dreht sich
Und hört niemals auf
Und das Blut nimmt seinen Lauf
Wo bleibt all das vergoßne Blut
Das Blut von Mord ... Das Blut von Schlachtentod ...
Das Blut der bittern Not ...
Und das Blut der Menschen die man im Gefängnis quält
Das Blut der Kinder die man zuhaus gemächlich foltert
Und das Blut der Menschen die der Zwang entseelt
Und das Blut des Dachdeckers
Der ausrutscht und vom Dache stürzt
Und das Blut das in Strömen rinnt
Mit dem Neugeborenen ... dem neuen Kind ...
Die Mutter schreit ... das Kind weint ...
Das Blut strömt ... die Erde dreht sich
Und hört niemals auf
Und das Blut nimmt seinen Lauf
Wo bleibt all das vergoßne Blut
Das Blut der Niedergeknüppelten ... der Geknechteten
Der Selbstmörder ... der Erschossenen ... der Entrechteten
Und das Blut derer die so nebenbei sterben

des suicidés ... des fusillés ... des condamnés ...
et le sang de ceux qui meurent comme ça ... par accident
Dans la rue passe un vivant
avec tout son sang dedans
soudain le voilà mort
et tout son sang est dehors
et les autres vivants font disparaître le sang
ils emportent le corps
mais il est têtu le sang
et là où était le mort
beaucoup plus tard tout noir
un peu de sang s'étale encore ...
sang coagulé
rouille de la vie rouille des corps
sang caillé comme le lait
comme le lait quand il tourne
quand il tourne comme la terre
comme la terre qui tourne
avec son lait ... avec ses vaches ...
avec ses vivants ... avec ses morts ...
la terre qui tourne avec ses arbres ... ses vivants ... ses maisons ...
la terre qui tourne avec les mariages ...
les enterrements ...
les coquillages ...
les régiments ...
la terre qui tourne et qui tourne
avec ses grands ruisseaux de sang.

Durch Zufall oder Unfall
Auf der Straße geht ein Mann
Hat sein ganzes Blut im Körper drinnen
Plötzlich tritt der Tod ihn an
Und man sieht sein ganzes Blut nach draußen rinnen
Und die Andern wischen's weg
Schaffen auch die Leiche fort
Doch das Blut bleibt zäh bestehen
Und ein kleiner roter Fleck
Ist an jenem Unglücksort
Lange noch zu sehen
Geronnenes Blut
Rost des Lebens Rost der Leichen
Blut wie Sauermilch so dick
Die Erde dreht sich
Mit ihrer Milch ... ihren Kühen ...
Ihren Lebendigen ... ihren Toten ...
Die Erde mit ihren Bäumen ... ihren Gärten ... ihren Häusern
Die Erde mit ihren Ehen ...
Ihren Todesqualen ...
Ihren Muschelschalen ...
Ihren Armeen ...
Die Erde dreht sich und dreht sich und dreht sich
Mit ihren breiten Strömen von Blut.

La lessive

Oh la terrible et surprenante odeur de viande qui meurt
c'est l'été et pourtant les feuilles des arbres du jardin
tombent et crèvent comme si c'était l'automne ...
cette odeur vient du pavillon
où demeure monsieur Edmond
chef de famille
chef de bureau
c'est le jour de la lessive
et c'est l'odeur de la famille
et le chef de famille
chef de bureau
dans son pavillon de chef-lieu de canton
va et vient autour du baquet familial
et répète sa formule favorite
Il faut laver son linge sale en famille
et toute la famille glousse d'horreur
de honte
frémit et brosse et frotte et brosse
le chat voudrait bien s'en aller
tout cela lui lève le cœur
le cœur du petit chat de la maison
mais la porte est cadenassée
alors le pauvre petit chat dégueule
le pauvre petit morceau de cœur
que la veille il avait mangé
de vieux portefeuilles flottent dans l'eau du baquet
et puis des scapulaires ... des suspensoirs ...
des bonnets de nuit ... des bonnets de police ...
des polices d'assurance ... des livres de comptes ...
des lettres d'amour où il est question d'argent
des lettres anonymes où il est question d'amour
une rosette de la légion d'honneur
de vieux morceaux de coton à oreille
des rubans
une soutane
un caleçon de vaudeville
une robe de mariée
une feuille de vigne
une blouse d'infirmière
un corset d'officier de hussards
des langes
une culotte de plâtre

Große Wäsche

O furchtbarer und bestürzender Geruch
von sterbendem Fleisch
Sommer ists und trotzdem fallen im Garten die Blätter von den Bäumen
und vermodern als sei es Herbst...
der Geruch kommt aus dem Gartenhaus
wo Herr Edmond wohnt
Familienchef
Bürochef
es ist Waschtag
und es riecht nach Familie
und der Familienchef
der Bürochef
in seinem Gartenhaus einer mittleren Kreisstadt
schreitet an der Familienwanne auf und ab
und wiederholt sein Lieblingswort
Man muß seine schmutzige Wäsche zuhause waschen
und die ganze Familie schluckt vor Schrecken
vor Scham
zittert und bürstet und reibt und bürstet
die Katze würde gern verschwinden
es drückt ihr das Herz ab
das Herz der kleinen Hauskatze
aber die Tür ist verriegelt
da speit die arme kleine Katze
jenes armselige kleine Stückchen Herz aus
das sie am Abend zuvor gefressen hat
alte Brieftaschen schwimmen im Wasser der Waschwanne
Skapuliere... Suspensorien...
Nachtmützen... Polizistenmützen...
Versicherungspolicen... Rechnungsbücher...
Liebesbriefe die von Geld handeln
anonyme Briefe die von Liebe handeln
eine Rosette der Ehrenlegion
alte Pfropfen Ohrenwatte
Haarschleifen
eine Soutane
ein Schlüpfer
ein Brautkleid
ein Weinblatt
die Bluse einer Krankenschwester
das Korsett eines Husarenleutnants

une culotte de peau...
soudain de longs sanglots
et le petit chat met ses pattes sur ses oreilles
pour ne pas entendre ce bruit
parce qu'il aime la fille
et que c'est elle qui crie
c'est à elle qu'on en voulait
c'est la jeune fille de la maison
elle est nue... elle crie... elle pleure...
et d'un coup de brosse à chiendent sur la tête
le père la rappelle à la raison
elle a une tache
la jeune fille de la maison
et toute la famille la plonge
et la replonge
elle saigne
elle hurle
mais elle ne veut pas dire le nom...
et le père hurle aussi
Que tout ceci ne sorte pas d'ici
Que tout ceci reste entre nous
dit la mère
et les fils les cousins les moustiques
crient aussi
et le perroquet sur son perchoir
répète aussi
Que tout ceci ne sorte pas d'ici
honneur de la famille
honneur du père
honneur du fils
honneur du perroquet Saint-Esprit
elle est enceinte la jeune fille de la maison
il ne faut pas que le nouveau-né
sorte d'ici
on ne connaît pas le nom du père
au nom du père et du fils
au nom du perroquet déjà nommé Saint-Esprit
Que tout ceci ne sorte pas d'ici...
avec sur le visage une expression surnaturelle
la vieille grand-mère assise sur le rebord du baquet
tresse une couronne d'immortelles artificielles
pour l'enfant naturel...
et la fille est piétinée
la famille pieds nus
piétine piétine et piétine

Windeln
Plötzlich heftiges Schluchzen
und die kleine Katze hält sich mit den Pfoten die Ohren zu
um es nicht zu hören
denn sie liebt die Tochter
die da schluchzt
auf sie ist man erzürnt
auf die Tochter des Hauses
sie ist nackt ... sie schreit ... sie weint
und mit einem hundsgemeinen Bürstenhieb
auf den Kopf
ruft der Vater sie zur Vernunft
sie hat einen Makel die Tochter des Hauses
und die ganze Familie taucht sie ins Wasser
immer wieder immer wieder
sie blutet
sie brüllt
aber sie will den Namen nicht sagen ...
und der Vater brüllt auch
Das alles darf nie herauskommen
das alles muß unter uns bleiben
sagt die Mutter
und die Söhne die Vettern die Stechmücken
schreien auch
und der Papagei auf seiner Stange
plappert es nach
Das alles darf nie herauskommen
Familienehre
Ehre des Vaters
Ehre des Sohnes
Ehre des Papageis Hl. Geist
sie ist schwanger die Tochter des Hauses
das Neugeborene
darf hier nicht hinaus
man weiß den Namen des Vaters nicht
im Namen des Vaters und des Sohnes
im Namen des vorerwähnten Papageis Hl. Geist
Das alles darf nie herauskommen
mit einem übernatürlichen Leuchten im Gesicht
flicht
die alte Großmutter
die auf dem Rand der Wanne hockt
einen Kranz
aus künstlichen Immortellen für das natürliche Kind ...
und die Tochter wird getreten

c'est la vendange de la famille
la vendange de l'honneur
la jeune fille de la maison crève
dans le fond...
à la surface
des globules de savon éclatent
des globules blancs
globules blêmes
couleur d'enfant de Marie...
et sur un morceau de savon
un morpion se sauve avec ses petits
l'horloge sonne une heure et demie
et le chef de famille et de bureau
met son couvre-chef sur son chef
et s'en va
traverse la place de chef-lieu de canton
et rend le salut à son sous-chef
qui le salue...
les pieds du chef de famille sont rouges
mais les chaussures sont bien cirées
Il vaut mieux faire envie que pitié.

die Familie mit bloßen Füßen
tritt und tritt und tritt
es ist die Weinernte der Familie
die Weinernte der Ehre
die Tochter des Hauses
verreckt drunten...
aus dem Wasser steigen Seifenbläschen
weiße Bläschen
fahle Bläschen
bleich wie ein Marienkind...
und auf ein Stück Seife rettet sich
eine Filzlaus mit ihren Kleinen
die Uhr schlägt halb zwei
und das Familienoberhaupt
setzt den Hut aufs Haupt
und geht
überquert den Marktplatz der mittleren Kreisstadt
und erwidert den Gruß eines Untergebenen
der untergeben grüßt...
die Füße des Familienchefs sind rot
aber die Schuhe sind blank geputzt
welch ein Segen
man soll lieber Neid als Mitleid erregen...

Cet amour

Cet amour
Si violent
Si fragile
Si tendre
Si désespéré
Cet amour
Beau comme le jour
Et mauvais comme le temps
Quand le temps est mauvais
Cet amour si vrai
Cet amour si beau
Si heureux
Si joyeux
Et si dérisoire
Tremblant de peur comme un enfant dans le noir
Et si sûr de lui
Comme un homme tranquille au milieu de la nuit
Cet amour qui faisait peur aux autres
Qui les faisait parler
Qui les faisait blêmir
Cet amour guetté
Parce que nous les guettions
Traqué blessé piétiné achevé nié oublié
Parce que nous l'avons traqué blessé piétiné achevé nié oublié
Cet amour tout entier
Si vivant encore
Et tout ensoleillé
C'est le tien
C'est le mien
Celui qui a été
Cette chose toujours nouvelle
Et qui n'a pas changé
Aussi vraie qu'une plante
Aussi tremblante qu'un oiseau
Aussi chaude aussi vivante que l'été
Nous pouvons tous les deux
Aller et revenir
Nous pouvons oublier
Et puis nous rendormir
Nous réveiller souffrir vieillir
Nous endormir encore

Liebe

Liebe
So heftig
So zerbrechlich
So zart
So verzweifelt
Liebe
Schön wie der Tag
Und schlecht wie das Wetter
Bei Schlechtwetter
Liebe
So wahr
So schön
So selig
So fröhlich
Von spöttischem Funkeln
Zitternd vor Angst wie ein Kind im Dunkeln
Und so sicher so bedacht
Wie ein ruhiger Mann inmitten der Nacht
Liebe die in Andern Furcht erregt
Die ihre bösen Zungen bewegt
Die sie erbleichen macht
Belauerte Liebe
Weil wir sie belauert haben
Liebe – gejagt verwundet getreten geleugnet vergessen
Weil wir sie gejagt verwundet getreten geleugnet vergessen haben
Unsere Liebe
In der noch alles lebt
Die ganz im Lichte schwebt
Ist deine
Ist meine
Ist Liebe gewesen
Dieses immerneue Ding
Das sich niemals ändern wird
Wahr wie eine Pflanze
Zitternd wie ein Vogel
Warm und lebendig wie der Sommer
Wir beide können
Fortgehen und wiederkehren
Wir können vergessen
Und wieder entschlummern
Aufwachen leiden altern
Abermals entschlummern

Rêver à la mort
Nous éveiller sourire et rire
Et rajeunir
Notre amour reste là
Têtu comme une bourrique
Vivant comme le désir
Cruel comme la mémoire
Bête comme les regrets
Tendre comme le souvenir
Froid comme le marbre
Beau comme le jour
Fragile comme un enfant
Il nous regarde en souriant
Et il nous parle sans rien dire
Et moi je l'écoute en tremblant
Et je crie
Je crie pour toi
Je crie pour moi
Je te supplie
Pour toi pour moi et pour tous ceux qui s'aiment
Et qui se sont aimés
Oui je lui crie
Pour toi pour moi et pour tous les autres
Que je ne connais pas
Reste là
Là où tu es
Là où tu étais autrefois
Reste là
Ne bouge pas
Ne t'en va pas
Nous qui sommes aimés
Nous t'avons oublié
Toi ne nous oublie pas
Nous n'avions que toi sur la terre
Ne nous laisse pas devenir froids
Beaucoup plus loin toujours
Et n'importe où
Donne-nous signe de vie
Beaucoup plus tard au coin d'un bois
Dans la forêt de la mémoire
Surgis soudain
Tends-nous la main
Et sauve-nous.

Dem Tode entgegen träumen
Aufwachen
Lächeln und lachen
Und wieder jung werden
Unsere Liebe bleibt
Störrisch wie eine Eselsstute
Lebendig wie der Drang im Blute
Grausam wie das Gedächtnis
Töricht wie Reue
Zart wie Erinnerung
Kalt wie Marmor
Schön wie schöne Tage sind
Zerbrechlich wie ein Kind
Sie schaut uns lächelnd an
Spricht stumm zu dir und mir
Und zitternd lausch ich ihr
Und ich klage
Um dich
Um mich
Ich flehe dich an
Um deinetwillen um meinetwillen um Aller willen die sich lieben
Und die sich je geliebt haben
Ja ich rufe ihr zu
Um deinetwillen um meinetwillen um aller Anderen willen
Die ich nicht kenne
Bleib dort
Wo du bist
Wo du einst warst
Bleib dort
Rühr dich nicht
Geh nicht fort
Wir Liebenden
Haben dich vergessen
Du aber vergißt uns nicht
Wir haben nur dich auf Erden
Laß uns nicht kalt und steinern werden
Gib uns
Auch späterhin und irgendwo
Ein Lebenszeichen
Auch später noch
An der Erinnerung Waldesrand
Sei plötzlich da
Reich uns die Hand
Und rette uns.

L'orgue de Barbarie

Moi je joue du piano
disait l'un
moi je joue du violon
disait l'autre
moi de la harpe moi du banjo
moi du violoncelle
moi du biniou ... moi de la flûte
et moi de la crécelle.
Et les uns et les autres parlaient parlaient
parlaient de ce qu'ils jouaient.
On n'entendait pas la musique
tout le monde parlait
parlait parlait
personne ne jouait
mais dans un coin un homme se taisait:
«Et de quel instrument jouez-vous Monsieur
qui vous taisez et qui ne dites rien?»
lui demandèrent les musiciens.
«Moi je joue de l'orgue de Barbarie
et je joue du couteau aussi»
dit l'homme qui jusqu'ici
n'avait absolument rien dit
et puis il s'avança le couteau à la main
et il tua tous les musiciens
et il joua de l'orgue de Barbarie
et sa musique était si vraie
et si vivante et si jolie
que la petite fille du maître de la maison
sortit de dessous le piano
où elle était couchée endormie par ennui
et elle dit:
«Moi je jouais au cerceau
à la balle au chasseur
je jouais à la marelle
je jouais avec un seau
je jouais avec une pelle
je jouais au papa et à la maman
je jouais à chat perché
je jouais avec mes poupées
je jouais avec une ombrelle
je jouais avec mon petit frère
avec ma petite sœur

Die Drehorgel

Ich spiele Klavier
sagte der eine
ich spiele Geige
sagte der andere
ich Harfe ich Horn ich Akkordeon
ich Flöte ich Fagott ich Xylophon
Und die einen und die andern redeten redeten daher
redeten davon was sie spielten
Man hörte die Musik nicht mehr
alles redete
alles redete
niemand spielte
nur ein Mann in einer Ecke schwieg
«Und welches Instrument spielen Sie mein Herr»
fragten die Musikanten
den schweigsamen Unbekannten
«Ich spiele die Orgel der Barbarei
und das Messerspiel nebenbei»
sagte der Mann der bisher so schweigsam war
und griff zum Messer und brachte stumm
die ganzen Musikanten um
und seine Musik war so wahr
so lebendig so wunderbar
daß des Hausherrn kleine Tochter
unter dem Klavier hervorkam
wo sie aus Langerweile eingeschlafen war
und das Wort nahm:
«Ich spielte Verstecken
Haschen Kreisel Ball
ich spielte in Wiesen und Hecken
ich spielte überall
ich spielte mit der Schippe
ich spielte Mutter und Vater
ich spielte gestiefelter Kater
ich spielte auf der Wippe
ich spielte Puppentheater
ich spielte mit meinem kleinen Bruder
mit meiner kleinen Schwester
ich spielte mit Boot und Ruder
und mit dem Südwester
ich spielte Räuber und Polizist
doch das ist alles vorbei vorbei vorbei

je jouais au gendarme
et au voleur
mais c'est fini fini fini
je veux jouer à l'assassin
je veux jouer de l'orgue de Barbarie.»
Et l'homme prit la petite fille par la main
et ils s'en allèrent dans les villes
dans les maisons dans les jardins
et puis ils tuèrent le plus de monde possible
après quoi ils se marièrent
et ils eurent beaucoup d'enfants.
Mais
l'aîné apprit le piano
le second le violon
le troisième la harpe
le quatrième la crécelle
le cinquième le violoncelle
et puis ils se mirent à parler parler
parler parler parler
on n'entendit plus la musique
et tout fut à recommencer!

jetzt will ich Mörder spielen
will spielen die Orgel der Barbarei»
und der Mann nahm das kleine Mädchen bei der Hand
und sie zogen mitsammen durchs Land
in die Städte in die Häuser in die Gärten
und sie töteten so viel Menschen wie sie nur konnten
danach heirateten sie
und hatten viele Kinder
aber
der erste lernte Klavierspielen
der zweite Geige
der dritte Harfe
der vierte Flöte
der fünfte Horn
und dann redeten sie daher
sie redeten redeten redeten
man hörte die Musik nicht mehr
und alles begann wieder von vorn!

Page d'écriture

Deux et deux quatre
quatre et quatre huit
huit et huit font seize...
Répétez! dit le maître
Deux et deux quatre
quatre et quatre huit
huit et huit font seize.
Mais voilà l'oiseau-lyre
qui passe dans le ciel
l'enfant le voit
l'enfant l'entend
l'enfant l'appelle:
Sauve-moi
joue avec moi
oiseau!
Alors l'oiseau descend
et joue avec l'enfant
Deux et deux quatre...
Répétez! dit le maître
et l'enfant joue
l'oiseau joue avec lui...
Quatre et quatre huit
huit et huit font seize
et seize et seize qu'est-ce qu'ils font?
Ils ne font rien seize et seize
et surtout pas trente-deux
de toute façon
et ils s'en vont.
Et l'enfant a caché l'oiseau
dans son pupitre
et tous les enfants
entendent sa chanson
et tous les enfants
entendent la musique
et huit et huit à leur tour s'en vont
et quatre et quatre et deux et deux
à leur tour fichent le camp
et un et un ne font ni une ni deux
un à un s'en vont également.
Et l'oiseau-lyre joue
et l'enfant chante
et le professeur crie:

Rechenstunde

Zwei und zwei sind vier
Vier und vier sind acht
Acht und acht sind sechzehn
Wiederholen! sagt der Lehrer
Zwei und zwei sind vier
Vier und vier sind acht
Acht und acht sind sechzehn
Aber da fliegt der Wundervogel
Am Himmel vorbei
Das Kind sieht ihn
Das Kind hört ihn
Das Kind ruft ihn
Rette mich
Spiel mit mir
Vogel!
Da schwebt der Vogel nieder
Und spielt mit dem Kind
Zwei und zwei sind vier...
Wiederholen! sagt der Lehrer
Und das Kind spielt
Der Vogel spielt mit ihm
Vier und vier sind acht
Acht und acht sind sechzehn
Und wieviel sind sechzehn und sechzehn?
Sechzehn und sechzehn sind nichts
Und erst recht nicht zweiunddreißig
Denn das gibt ja keinen Sinn
Also schwinden sie dahin
Und das Kind hat den Vogel
In seinem Pult versteckt
Und alle Kinder
Hören sein Lied
Und alle Kinder
Hören die Musik
Und nun verschwinden auch die acht und acht
Und die Vier und Vier und die Zwei und Zwei
Trollen sich
Und eins und eins sind weder eins noch zwei
Eins ums andre ziehn sie ab
Und der Wundervogel spielt
Und das Kind singt
Und der Lehrer schreit:

Quand vous aurez fini de faire le pitre!
Mais tous les autres enfants
écoutent la musique
et les murs de la classe
s'écroulent tranquillement.
Et les vitres redeviennent sable
l'encre redevient eau
les pupitres redeviennent arbres
la craie redevient falaise
le porte-plume redevient oiseau.

Wann hört ihr endlich mit dem Unsinn auf?
Aber alle Kinder
Horchen auf die Musik
Und die Wände des Klassenzimmers
Sinken friedlich ein
Und die Fensterscheiben werden wieder Sand
Die Tinte wird wieder Wasser
Die Pulte werden wieder Bäume
Die Kreide wird wieder Felsen
Der Federhalter wird wieder Vogel.

Déjeuner du matin

Il a mis le café
Dans la tasse
Il a mis le lait
Dans la tasse de café
Il a mis le sucre
Dans le café au lait
Avec la petite cuiller
Il a tourné
Il a bu le café au lait
Et il a reposé la tasse
Sans me parler
Il a allumé
Une cigarette
Il a fait des ronds
Avec la fumée
Il a mis les cendres
Dans le cendrier
Sans me parler
Sans me regarder
Il s'est levé
Il a mis
Son chapeau sur sa tête
Il a mis
Son manteau de pluie
Parce qu'il pleuvait
Et il est parti
Sous la pluie
Sans une parole
Sans me regarder
Et moi j'ai pris
Ma tête dans ma main
Et j'ai pleuré.

Frühstück

Er goß den Kaffee
In die Tasse
Er goß die Milch
In die Kaffeetasse
Er tat den Zucker
In den Milchkaffee
Mit dem kleinen Löffel
Rührte er den Kaffee um
Und trank ihn
Er stellte die Tasse ab
Ohne ein Wort
Er zündete
Eine Zigarette an
Er blies Ringe
Aus Rauch
Er streifte die Asche
In den Aschenbecher
Ohne ein Wort
Ohne einen Blick
Er setzte den Hut auf
Er zog den Regenmantel an
Denn es regnete
Er ging
Ohne ein Wort
Ohne einen Blick
Und ich
Schlug die Hände vors Gesicht
Und weinte.

Fille d'acier

Fille d'acier je n'aimais personne dans le monde
Je n'aimais personne sauf celui que j'aimais
Mon amant mon amant celui qui m'attirait
Maintenant tout a changé est-ce lui qui a cessé de
m'aimer
Mon amant qui a cessé de m'attirer est-ce moi?
Je ne sais pas et puis qu'est-ce que ça peut faire tout ça?
Maintenant je suis couchée sur la paille humide de
l'amour
Toute seule avec tous les autres toute seule désespérée
Fille de fer-blanc fille rouillée
O mon amant mon amant mort ou vivant
Je veux que tu te rappelles autrefois
Mon amant celui qui m'aimait et que j'aimais.

Das stahlharte Mädchen

Ich war ein Mädchen hart wie Stahl
Liebte niemand nur den Einen
Den Einen der mich liebend nahm
Wie anders ist das jetzt schwand seine Liebe hin
Bin ich dran schuld daß es so kam
Ich weiß es nicht und kann es auch nicht ändern
Nun lieg ich auf der Liebe feuchtem Stroh
Einsam wie alle andern und in den Tod betrübt
Aus Blech ein Mädchen nun mit rostgen Rändern
Geliebter der du lebst oder gestorben bist
Ich will daß du mich nie vergißt
Du der mich liebte und den ich einst geliebt.

Le désespoir est assis sur un banc

Dans un square sur un banc
Il y a un homme qui vous appelle quand on passe
Il a des binocles un vieux costume gris
Il fume un petit ninas il est assis
Et il vous appelle quand on passe
Ou simplement il vous fait signe
Il ne faut pas le regarder
Il ne faut pas l'écouter
Il faut passer
Faire comme si on ne le voyait pas
Comme si on ne l'entendait pas
Il faut passer presser le pas
Si vous le regardez
Si vous l'écoutez
Il vous fait signe et rien personne
Ne peut vous empêcher d'aller vous asseoir près de lui
Alors il vous regarde et sourit
Et vous souffrez atrocement
Et l'homme continue de sourire
Et vous souriez du même sourire
Exactement
Plus vous souriez plus vous souffrez
Atrocement
Plus vous souffrez plus vous souriez
Irrémédiablement
Et vous restez là
Assis figé
Souriant sur le banc
Des enfants jouent tout près de vous
Des passants passent
Tranquillement
Des oiseaux s'envolent
Quittant un arbre
Pour un autre
Et vous restez là
Sur le banc
Et vous savez vous savez
Que jamais plus vous ne jouerez
Comme ces enfants
Vous savez que jamais plus vous ne passerez
Tranquillement
Comme ces passants

Der Kummer sitzt auf einer Bank

Auf einer Bank die mitten auf dem großen Platze steht
Sitzt ein Mann der einen anruft wenn man vorübergeht
Er trägt eine Brille und hat einen alten grauen Anzug an
Er raucht eine kleine Zigarre der sitzende Mann
Und er ruft einen an wenn man vorübergeht
Oder er winkt nur
Man darf ihn nicht betrachten
Man darf ihn nicht beachten
Man muß vorübergehen
So tun als sähe man ihn nicht
Als hörte man ihn nicht
Man muß raschen Schritts vorübergehen
Wenn du ihn betrachtest
Wenn du ihn beachtest
Winkt er dir
Und niemand kann dich dann
Davon abbringen
Daß du dich hinsetzt zu dem Mann
Er betrachtet dich und lächelt
Und du leidest grausam
Und der Mann fährt fort zu lächeln
Und du lächelst das gleiche Lächeln
Genau wie er
Mit dem Lächeln wächst dein Leiden
Grausam
Mit dem Leiden wächst dein Lächeln
Unaufhaltsam
Und du bleibst
Wie erstarrt
Auf der Bank
Kinder spielen ganz nah bei dir
Vorübergehende gehn vorüber
Geruhsam
Vögel fliegen
Von einem Baum
Zum andern
Und du bleibst
Auf der Bank
Und du weißt du weißt
Daß du nie wieder spielen wirst
Wie die Kinder
Daß du nie wieder vorübergehen wirst

Que jamais plus vous ne vous envolerez
Quittant un arbre pour un autre
Comme ces oiseaux.

Wie die Vorübergehenden
Daß du nie wieder fliegen wirst
Von einem Baum zum andern
Wie die Vögel.

Chanson de l'oiseleur

L'oiseau qui vole si doucement
L'oiseau rouge et tiède comme le sang
L'oiseau si tendre l'oiseau moqueur
L'oiseau qui soudain prend peur
L'oiseau qui soudain se cogne
L'oiseau qui voudrait s'enfuir
L'oiseau seul et affolé
L'oiseau qui voudrait vivre
L'oiseau qui voudrait chanter
L'oiseau qui voudrait crier
L'oiseau rouge et tiède comme le sang
L'oiseau qui vole si doucement
C'est ton cœur jolie enfant
Ton cœur qui bat de l'aile si tristement
Contre ton sein si dur si blanc.

Lied des Vogelstellers

Der Vogel der im Fluge ruht
Der Vogel rot und warm wie Blut
Der Vogel zart der Vogel der mich neckt
Der Vogel den ein Nichts erschreckt
Der Vogel der sich plötzlich stößt
Der Vogel den die Flucht erlöst
Der Vogel einsam und beengt
Der Vogel der ins Leben strebt
Der Vogel der zum Liede drängt
Der Vogel der so trübe sinnt
Der Vogel rot und warm wie Blut
Der Vogel der im Fluge ruht
Es ist dein Herz mein schönes Kind
Dein Herz das traurig mit den Flügeln schlägt
Vom Käfig deiner weißen straffen Brust umhegt.

Pour faire le portrait d'un oiseau

A Elsa Henriquez

Peindre d'abord une cage
avec une porte ouverte
peindre ensuite
quelque chose de joli
quelque chose de simple
quelque chose de beau
quelque chose d'utile
pour l'oiseau
placer ensuite la toile contre un arbre
dans un jardin
dans un bois
ou dans une forêt
se cacher derrière l'arbre
sans rien dire
sans bouger ...
Parfois l'oiseau arrive vite
mais il peut aussi bien mettre de longues années
avant de se décider
Ne pas se décourager
attendre
attendre s'il le faut pendant des années
la vitesse ou la lenteur de l'arrivée de l'oiseau
n'ayant aucun rapport
avec la réussite du tableau
Quand l'oiseau arrive
s'il arrive
observer le plus profond silence
attendre que l'oiseau entre dans la cage
et quand il est entré
fermer doucement la porte avec le pinceau
puis
effacer un à un tous les barreaux
en ayant soin de ne toucher aucune des plumes de l'oiseau
Faire ensuite le portrait de l'arbre
en choisissant la plus belle de ses branches
pour l'oiseau
peindre aussi le vert feuillage et la fraîcheur du vent
la poussière du soleil
et le bruit des bêtes de l'herbe dans la chaleur de l'été
et puis attendre que l'oiseau se décide à chanter
Si l'oiseau ne chante pas

Wie man einen Vogel malt

Für Elsa Henriquez

Male zuerst einen Käfig
mit einer offenen Tür
dann male
irgend etwas Hübsches
irgend etwas Einfaches
irgend etwas Schönes
irgend etwas Nützliches
was nun den Vogel angeht
so lehne die Leinwand an einen Baum
in einem Garten
in einem Wäldchen
verbirg dich hinter dem Baum
ohne zu sprechen
ohne dich zu rühren . . .
Bisweilen kommt der Vogel bald
aber er kann ebensogut viele Jahre brauchen
bis er sich dazu entschließt
Verlier nicht den Mut
warte
warte wenn's sein muß jahrelang
denn der rasche oder langsame Anflug des Vogels
hat nichts zu tun
mit dem Gelingen des Bildes
Wenn der Vogel kommt
falls er kommt
so sei ganz still
warte bis der Vogel in den Käfig schlüpft
und wenn er hineingeschlüpft ist
schließe mit dem Pinsel leise die Tür
dann
tilge nacheinander alle Gitterstäbe aus
wobei du keine einzige Feder des Vogels berühren darfst
Sodann male den Baum
und wähle den schönsten seiner Äste
für den Vogel
male auch das grüne Laub und den frischen Wind
den Sonnenstaub
und das Gesumm der Grastiere in der Sommerglut
und dann warte ob der Vogel sich entschließt zu singen
Wenn der Vogel nicht singt
so ist es ein schlechtes Zeichen

c'est mauvais signe
signe que le tableau est mauvais
mais s'il chante c'est bon signe
signe que vous pouvez signer
Alors vous arrachez tout doucement
une des plumes de l'oiseau
et vous écrivez votre nom dans un coin du tableau.

Ein Zeichen daß das Bild schlecht ist
Aber wenn er singt ist es ein gutes Zeichen
ein Zeichen daß du das Bild mit deinem Namen zeichnen darfst
dann zupfst du ganz sacht
eine Feder aus dem Vogelgefieder
und schreibst in eine Ecke des Bildes deinen Namen nieder.

Sables mouvants

Démons et merveilles
Vents et marées
Au loin déjà la mer s'est retirée
Et toi
Comme une algue doucement caressée par le vent
Dans les sables du lit tu remues en rêvant
Démons et merveilles
Vents et marées
Au loin déjà la mer s'est retirée
Mais dans tes yeux entr'ouverts
Deux petites vagues sont restées
Démons et merveilles
Vents et marées
Deux petites vagues pour me noyer.

Treibsand

Dämonen und Wunder
Winde und Wogen
Längst hat das Meer sich weit zurückgezogen
Und du
Einer Alge gleich die der Wind liebkost mit der Hand
Schmiegst träumend dich in dein Bett aus Sand
Dämonen und Wunder
Winde und Wogen
Längst hat das Meer sich weit zurückgezogen
Doch in deinen halbgeschlossenen Augen
Seh ich noch immer zwei kleine Wellen rollen
Dämonen und Wunder
Winde und Wogen
Zwei kleine Wellen die mich ertränken wollen.

Le droit chemin

A chaque kilomètre
chaque année
des vieillards au front borné
indiquent aux enfants la route
d'un geste de ciment armé.

Der rechte Weg

Bei jedem Kilometerstein
Jahr um Jahr
Weisen die dümmsten Greise der Erde
Die Kinder ins Leben ein
Mit zementierter Gebärde.

La Brouette ou Les grandes Inventions

Le paon fait la roue
le hasard fait le reste
Dieu s'assoit dedans
et l'homme le pousse.

Der Schubkarren
oder Die großen Erfindungen

Der Pfau macht das Rad
Der Zufall den Rest
Gott setzt sich hinein
Und der Mensch schiebt ihn.

L'École des Beaux-Arts

Dans une boîte de paille tressée
Le père choisit une petite boule de papier
Et il la jette
Dans la cuvette
Devant ses enfants intrigués
Surgit alors
Multicolore
La grande fleur japonaise
Le nénuphar instantané
Et les enfants se taisent
Émerveillés
Jamais plus tard dans leur souvenir
Cette fleur ne pourra se faner
Cette fleur subite
Faite pour eux
A la minute
Devant eux.

Kunstschule

Aus der strohgeflochtnen Schachtel
Holt der Vater eine kleine Kugel aus Papier hervor
Und er wirft sie
In das Waschlavor
Seht da steigt vor den erstaunten Kindern
Tief vom Grund
Herrlich bunt
Die große japanische Blume empor
Die Seerose aus dem Nichts
Angesichts
Des Wunders reden die Kinder kein Wort
Unverwelkbar lebt in ihrem Gemüte
Die Blume fort
Diese jähe Blüte
Die aus des Augenblicks Hand
Für sie entstand.

Le miroir brisé

Le petit homme qui chantait sans cesse
le petit homme qui dansait dans ma tête
le petit homme de la jeunesse
a cassé son lacet de soulier
et toutes les baraques de la fête
tout d'un coup se sont écroulées
et dans le silence de cette fête
dans le désert de cette fête
j'ai entendu ta voix heureuse
ta voix déchirée et fragile
enfantine et désolée
venant de loin et qui m'appelait
et j'ai mis ma main sur mon cœur
où remuaient
ensanglantés
les sept éclats de glace de ton rire étoilé.

Der zerbrochene Spiegel

Der kleine Kerl der unaufhörlich sang
Der kleine Kerl der mir im Kopfe tanzte
Der kleine Kerl mit seinem Jugendklang
Er hat das Schuhband jäh zerrissen
Und ach mit einem Schlag sind die Kulissen
Des Festes plötzlich eingesunken
Und in dem Schweigen das danach gekommen
In meines Kopfes Öde
Hab deine frohe Stimme ich vernommen
Zart und spröde
Kindlich und erregt
Die weither kam und nach mir rief
Ich hab die Hand aufs Herz gelegt
Darinnen blutig pochen
Die sieben Splitter die dein Lachen
Wie einen Stern ins Spiegelglas gebrochen.

Quartier libre

J'ai mis mon képi dans la cage
et je suis sorti avec l'oiseau sur la tête
Alors
on ne salue plus
a demandé le commandant
Non
on ne salue plus
a répondu l'oiseau
Ah bon
excusez-moi je croyais qu'on saluait
a dit le commandant
Vous êtes tout excusé tout le monde peut se tromper
a dit l'oiseau.

Stadturlaub

Ich hab mein Käppi in den Käfig getan
und bin ausgegangen mit dem Vogel auf dem Kopf
Nanu
grüßt man nicht mehr
hat der Major gefragt
Nein
man grüßt nicht mehr
hat der Vogel geantwortet
Gut
entschuldigen Sie ich dachte man grüßt
hat der Herr Major gesagt
Macht nichts jeder Mensch kann sich irren
hat der Vogel gesagt.

Au hasard des oiseaux

J'ai appris très tard à aimer les oiseaux
je le regrette un peu
mais maintenant tout est arrangé
on s'est compris
ils ne s'occupent pas de moi
je ne m'occupe pas d'eux
je les regarde
je les laisse faire
tous les oiseaux font de leur mieux
ils donnent l'exemple
pas l'exemple comme par exemple Monsieur Glacis
qui s'est remarquablement courageusement conduit pendant la guerre ou l'exemple du petit Paul qui était si pauvre et si beau et tellement honnête avec ça et qui est devenu plus tard le grand Paul si riche si vieux si honorable et si affreux et si avare et si charitable et si pieux
ou par exemple cette vieille servante qui eut une vie et une morte exemplaires jamais de discussions pas ça l'ongle claquant sur la dent pas ça de discussion avec monsieur ou avec madame au sujet de cette affreuse question des salaires
non
les oiseaux donnent l'exemple
l'exemple comme il faut
exemple des oiseaux
exemple des oiseaux
exemple les plumes les ailes le vol des oiseaux
exemple le nid les voyages et les chants des oiseaux
exemple la beauté des oiseaux
exemple le cœur des oiseaux
la lumière des oiseaux.

Die Vögel

Sehr spät erst hab ich die Vögel lieben gelernt
ein bißchen bedaure ich es
aber nun ist alles geregelt
man hat sich geeinigt
sie kümmern sich nicht um mich
ich kümmre mich nicht um sie
ich schaue ihnen zu
ich lasse sie tun und treiben
alle Vögel tun ihr Bestes
sie geben ein Beispiel
nicht ein Beispiel wie zum Beispiel
Herr Glacis der sich während des Krieges ungewöhnlich
tapfer geführt hat oder wie das Beispiel des kleinen Paul
der so arm war und so hübsch und dabei so ehrbar und der
später der große Paul wurde und so alt so reich so ehren-
wert und so furchtbar und so geizig und so mildtätig und
so fromm
oder zum Beispiel jene alte Bediente die beispielhaft lebte
und starb nie Streit aber auch nicht ein bißchen Streit mit
dem gnädigen Herrn oder mit der gnädigen Frau über die
schreckliche Lohnfrage
nein
die Vögel geben ein Beispiel
das Beispiel aller Beispiele
das Vogelbeispiel
Vogelfedern Vogelflügel Vogelflug
Vogelsang und Vogelzug
Vogelherz Vogelpracht
Vogelglanz in dunkler Nacht.

Immense et rouge

Immense et rouge
Au-dessus du Grand Palais
Le soleil d'hiver apparaît
Et disparaît
Comme lui mon cœur va disparaître
Et tout mon sang va s'en aller
S'en aller à ta recherche
Mon amour
Ma beauté
Et te trouver
Là où tu es.

Ungeheuer und rot

Ungeheuer und rot
Erscheint die Wintersonne
Über dem Grand Palais
Und verschwindet
Gleich ihr wird mein Herz verschwinden
Und all mein Blut wird
Dich suchen gehen
Mein Liebes
Mein Schönes
Und wird dich finden
Dort wo du bist.

Chanson

Quel jour sommes-nous
Nous sommes tous les jours
Mon amie
Nous sommes toute la vie
Mon amour
Nous nous aimons et nous vivons
Nous vivons et nous nous aimons
Et nous ne savons pas ce que c'est que la vie
Et nous ne savons pas ce que c'est que le jour
Et nous ne savons pas ce que c'est que l'amour.

Lied

Welchen Tag haben wir
Wir haben alle Tage
Meine Freundin
Wir haben das ganze Leben
Mein Liebes
Wir lieben und wir leben
Wir leben und wir lieben
Und wir wissen nicht was das ist – Leben
Und wir wissen nicht was das ist – ein Tag
Und wir wissen nicht was das ist – Liebe.

Chanson du geôlier

Où vas-tu beau geôlier
Avec cette clé tachée de sang
Je vais délivrer celle que j'aime
S'il en est encore temps
Et que j'ai enfermée
Tendrement cruellement
Au plus secret de mon désir
Au plus profond de mon tourment
Dans les mensonges de l'avenir
Dans les bêtises des serments
Je veux la délivrer
Je veux qu'elle soit libre
Et même de m'oublier
Et même de s'en aller
Et même de revenir
Et encore de m'aimer
Ou d'en aimer un autre
Si un autre lui plaît
Et si je reste seul
Et elle en allée
Je garderai seulement
Je garderai toujours
Dans mes deux mains en creux
Jusqu'à la fin des jours
La douceur de ses seins modelés par l'amour.

Lied des Kerkermeisters

Wohin gehst du schöner Kerkermeister
Mit dem Schlüssel der so blutig ist
Ich will meine Liebste befreien
In allerletzter Frist
Ich hab sie eingeschlossen
Sehr zart sehr hart
In mein geheimstes Verlangen
In mein tiefstes Bangen
In die Lügen mit denen man betört
In die Torheiten die man so schwört
Ich will sie befreien
Frei soll sie sein
Frei mich zu vergessen
Frei von mir zu gehn
Frei auch zurückzukehren
Und mich erneut zu lieben
Oder einen Andern zu lieben
Wenn ein Andrer ihr besser gefällt
Und bleib ich allein
Und geht sie von mir
Bleibt eines mein
Von ihr nicht gewußt
Daß ich bis ans Ende aller Tage
Die süße Wölbung ihrer Brust
Im Innern meiner beiden Hände trage.

Le cheval rouge

Dans les manèges du mensonge
Le cheval rouge de ton sourire
Tourne
Et je suis là debout planté
Avec le triste fouet de la réalité
Et je n'ai rien à dire
Ton sourire est aussi vrai
Que mes quatre vérités.

Das rote Pferd

In der Manege des Truges
Kreist
Das rote Pferd deines Lächelns
Aufgepflanzt steh ich da
Mit der traurigen Peitsche der Wirklichkeit
Und ich weiß nichts zu sagen
Dein Lächeln ist ebenso wahr
Wie meine ganze Weisheit.

Premier jour

Des draps blancs dans une armoire
Des draps rouges dans un lit
Un enfant dans sa mère
Sa mère dans les douleurs
Le père dans le couloir
Le couloir dans la maison
La maison dans la ville
La ville dans la nuit
La mort dans un cri
Et l'enfant dans la vie.

Erster Lebenstag

Weiße Laken im Schrank
Rote Laken im Bett
Ein Kind in seiner Mutter
Die Mutter in den Wehen
Der Vater im Flur
Der Flur im Haus
Das Haus in der Stadt
Die Stadt in der Nacht
Der Tod in einem Schrei
Das Kind im Leben.

Le message

La porte que quelqu'un a ouverte
La porte que quelqu'un a refermée
La chaise où quelqu'un s'est assis
Le chat que quelqu'un a caressé
Le fruit que quelqu'un a mordu
La lettre que quelqu'un a lue
La chaise que quelqu'un a renversée
La porte que quelqu'un a ouverte
La route où quelqu'un court encore
Le bois que quelqu'un traverse
La rivière où quelqu'un se jette
L'hôpital où quelqu'un est mort.

Botschaft

Die Tür die jemand öffnete
Die Tür die jemand schloß
Der Stuhl auf den sich jemand setzte
Der Hund auf jemands Schoß
Die Frucht die jemand aß
Der Brief den jemand las
Der Stuhl den jemand umwarf
Die Tür die jemand öffnete
Der Weg den jemand rennt
Der Wald den jemand quer durchläuft
Der Fluß in den sich jemand wirft
Das Hospital wo jemand stirbt.

Fête foraine

Heureux comme la truite remontant le torrent
Heureux le cœur du monde
Sur son jet d'eau de sang
Heureux le limonaire
Hurlant dans la poussière
De sa voix de citron
Un refrain populaire
Sans rime ni raison
Heureux les amoureux
Sur les montagnes russes
Heureuse la fille rousse
Sur son cheval blanc
Heureux le garçon brun
Qui l'attend en souriant
Heureux cet homme en deuil
Debout dans sa nacelle
Heureuse la grosse dame
Avec son cerf-volant
Heureux le vieil idiot
Qui fracasse la vaisselle
Heureux dans son carrosse
Un tout petit enfant
Malheureux les conscrits
Devant le stand de tir
Visant le cœur du monde
Visant leur propre cœur
Visant le cœur du monde
En éclatant de rire.

Jahrmarkt

Glücklich wie die Forelle
Die bergauf durch den Wildbach schnellt
Glücklich das Herz der Welt
Glücklich der Limonadenmann
Der in Staub eingehüllt
Mit seinem Himbeerorgan
Den neuesten Schlager brüllt
Ohne Sinn ohne Reim
Glücklich die Liebenden
Auf der Achterbahn
Glücklich die rote Schöne
Auf ihrem weißen Pferd
Glücklich der braune Bursche
Der sie lächelnd begehrt
Glücklich der trauernde Witwer
Aufrecht in seinem fliegenden Nachen
Glücklich die dicke Dame
Mit ihrem Kinderdrachen
Glücklich der alte Narr
Der das Geschirr zerhaut
Glücklich in seiner Kutsche
Ein ganz kleines Kind
Unglücklich die Rekruten
Bei der Schießbude aufgebaut
Sie zielen aufs Herz der Welt
Sie zielen aufs eigene Herz
Sie zielen aufs Herz der Welt
Und lachen laut.

Chez la fleuriste

Un homme entre chez une fleuriste
et choisit des fleurs
la fleuriste enveloppe les fleurs
l'homme met la main à sa poche
pour chercher l'argent
l'argent pour payer les fleurs
mais il met en même temps
subitement
la main sur son cœur
et il tombe

En même temps qu'il tombe
l'argent roule à terre
et puis les fleurs tombent
en même temps que l'homme
en même temps que l'argent
et la fleuriste reste là
avec l'argent qui roule
avec les fleurs qui s'abîment
avec l'homme qui meurt
évidemment tout cela est très triste
et il faut qu'elle fasse quelque chose
la fleuriste
mais elle ne sait pas comment s'y prendre
elle ne sait pas
par quel bout commencer

Il y a tant de choses à faire
avec cet homme qui meurt
ces fleurs qui s'abîment
et cet argent
cet argent qui roule
qui n'arrête pas de rouler.

Im Blumenladen

Ein Mann betritt den Blumenladen
und wählt Blumen aus
die Blumenhändlerin wickelt die Blumen ein
der Mann greift in die Tasche
um Geld hervorzuholen
Geld um die Blumen zu bezahlen
im selben Augenblick aber faßt er
plötzlich
mit der Hand nach seinem Herzen
und fällt um

Während er fällt
rollt auf den Boden das Geld
und dann fallen die Blumen
zugleich mit dem Mann
zugleich mit dem Geld
und da steht die Blumenhändlerin
vor dem rollenden Geld
vor den sinkenden Blumen
vor dem sterbenden Mann
das alles ist offensichtlich sehr traurig
und sie muß wohl irgend etwas tun
die Blumenhändlerin
aber sie weiß nicht recht was sie tun soll
sie weiß nicht
wo sie beginnen soll

Es ist so viel zu tun
mit diesem Mann der da stirbt
diesen Blumen die niedersinken
diesem Geld das rollt
und nicht aufhört zu rollen.

L'épopée

Le tombereau de l'empereur passe interminablement
Un invalide le conduit qui marche sur une main
Une main gantée de blanc
De l'autre main il tient la bride
Il a perdu ses deux jambes dans l'histoire
Il y a de cela très longtemps
Et elles se promènent là-bas
Dans l'histoire
Chacune de son côté
Et quand elles se rencontrent
Elles se donnent des coups de pied
A la guerre comme à la guerre
Qu'est-ce que vous voulez.

Heldenlied

Des Kaisers Karren rollt unverwandt
Ihn lenkt ein Invalide der auf einer Hand steht
Auf einer weißbehandschuhten Hand
Mit der anderen Hand hält er die Zügel
Seine beiden Beine hat er in der Weltgeschichte verloren
Ort und Zeit sind kaum noch bekannt
Jetzt gehen die beiden Beine spazieren
In der Weltgeschichte
Ein jedes für sich
Und wenn sie sich irgendwo begegnen
Fangen sie an sich mit Fußtritten zu traktieren
Krieg ist eben Krieg
So etwas kann passieren.

Le Sultan

Dans les montagnes de Cachemire
Vit le sultan de Salamandragore
Le jour il fait tuer un tas de monde
Et quand vient le soir il s'endort
Mais dans ses cauchemars les morts se cachent
Et le dévorent
Alors une nuit il se réveille
En poussant un grand cri
Et le bourreau tiré de son sommeil
Arrive souriant au pied du lit
S'il n'y avait pas de vivants
Dit le sultan
Il n'y aurait pas de morts
Et le bourreau répond D'accord
Que tout le reste y passe alors
Et qu'on n'en parle plus
D'accord dit le bourreau
C'est tout ce qu'il sait dire
Et tout le reste y passe comme le sultan l'a dit
Les femmes les enfants les siens et ceux des autres
Le veau le loup la guêpe et la douce brebis
Le bon vieillard intègre et le sobre chameau
Les actrices des théâtres le roi des animaux
Les planteurs de bananes les faiseurs de bons mots
Et les coqs et leurs poules les œufs avec leur coque
Et personne ne reste pour enterrer quiconque
Comme ça ça va
Dit le sultan de Salamandragore
Mais reste-là bourreau
Là tout près de moi
Et tue-moi
Si jamais je me rendors.

Der Sultan

In den Bergen von Kaschmir
Lebt der Sultan Salakir
Tagsüber läßt er eine Menge Leute töten
Und wenn der Abend kommt entschlummert er
Aber in seinen Angstträumen nisten die Toten
Und fallen über ihn her
Eines Nachts nun ist er aufgewacht
Mit einem lauten Schrei
Und der Henker den er dadurch um seinen Schlaf gebracht
Eilt lächelnd an sein Bett herbei
Gäbe es keine Lebenden mehr
Sagt der Sultan gedankenschwer
So wären auch keine Toten mehr vorhanden
Und der Henker antwortet «Einverstanden»
Wir wollen den ganzen Rest abservieren
Sagt der Sultan
Und dann kein Wort mehr drüber verlieren
Einverstanden sagt der Henker
Mehr weiß er nicht zu sagen
Und so wird der ganze Rest abserviert
Wie der Sultan es gesagt hat
Die Frauen die Kinder die seinen und die der andern
Die Kuh der Wolf die Wespe und der jagende Jaguar
Der gute rechtschaffene Greis und das nüchterne Dromedar
Die Schauspielerinnen vom Theater die ganzen Affensorten
Die Bananenpflanzer die Erfinder von witzigen Worten
Und die Hähne und ihre Hennen die Eier mit ihren Schalen
Und niemand bleibt übrig um jemanden zu beerdigen
Wie rasch das geht
Sagt der Sultan Salakir im Lande der Kaschmirschafe
Du aber Henker bleib hier
Ganz dicht bei mir
Und töte mich
Wenn ich je wieder schlafe.

Et la fête continue

Debout devant le zinc
Sur le coup de dix heures
Un grand plombier zingueur
Habillé en dimanche et pourtant c'est lundi
Chante pour lui tout seul
Chante que c'est jeudi
Qu'il n'ira pas en classe
Que la guerre est finie
Et le travail aussi
Que la vie est si belle
Et les filles si jolies
Et titubant devant le zinc
Mais guidé par son fil à plomb
Il s'arrête pile devant le patron
Trois paysans passeront et vous paieront
Puis disparaît dans le soleil
Sans régler les consommations
Disparaît dans le soleil tout en continuant sa chanson.

Das Fest geht weiter

Vor der Theke
Nach dem zehnten Likör
Punkt zehn Uhr
Beginnt ein kräftiger Installatör
In Sonntagsmontur
Obwohl es Montag ist
Ganz für sich allein zu singen
Er singt
Daß es Donnerstag ist
Daß er nicht in die Schule brauch'
Daß der Krieg zu Ende ist
Und die Arbeit auch
Daß das Leben schön ist
Und die Mädchen auch
Er schwankt vor der Theke aus Zink
Aber sein Lot aus Blei
Hält ihn im Lot
Er tritt vor den Wirt mit strammem Schritt
Drei Bauern sagt er kommen nachher vorbei
Und bezahlen für mich mit
Dann verschwindet er in der Sonne
Die Rechnung läßt er ruhig stehn
Singend verschwindet er in der Sonne
Und wird nicht mehr gesehn.

Complainte de Vincent

A Paul Éluard

A Arles où roule le Rhône
Dans l'atroce lumière de midi
Un homme de phosphore et de sang
Pousse une obsédante plainte
Comme une femme qui fait son enfant
Et le linge devient rouge
Et l'homme s'enfuit en hurlant
Pourchassé par le soleil
Un soleil d'un jaune strident
Au bordel tout près du Rhône
L'homme arrive comme un roi mage
Avec son absurde présent
Il a le regard bleu et doux
Le vrai regard lucide et fou
De ceux qui donnent tout à la vie
De ceux qui ne sont pas jaloux
Et montre à la pauvre enfant
Son oreille couchée dans le linge
Et elle pleure sans rien comprendre
Songeant à de tristes présages
Et regarde sans oser le prendre
L'affreux et tendre coquillage
Où les plaintes de l'amour mort
Et les voix inhumaines de l'art
Se mêlent aux murmures de la mer
Et vont mourir sur le carrelage
Dans la chambre où l'édredon rouge
D'un rouge soudain éclatant
Mélange ce rouge si rouge
Au sang bien plus rouge encore
De Vincent à demi mort
Et sage comme l'image même
De la misère et de l'amour
L'enfant nue toute seule sans âge
Regarde le pauvre Vincent
Foudroyé par son propre orage
Qui s'écroule sur le carreau
Couché dans son plus beau tableau
Et l'orage s'en va calmé indifférent
En roulant devant lui ses grands tonneaux de sang
L'éblouissant orage du génie de Vincent

Vincents Klage

Für Paul Eluard

In Arles wo die Rhône fließt
Unter des Südens schrecklicher Sonnenglut
Stößt ein Mann aus Phosphor und Blut
Überquellende Klage aus
Wie eine Frau die ihr Kind gebiert
Und das Linnen färbt sich rot
Und der heulende Mann entflieht
Von der Sonne gehetzt
In das Bordell dicht bei der Rhône
Der Mann kommt an wie der König aus dem Morgenland
Mit seinem sinnlosen Geschenk in der Hand
Sein Blick ist sanft und blau
Ist der irre Blick innerer Schau
Von Menschen die sich ans Leben verbrennen
Und die keine Mißgunst kennen
Und er zeigt der armen Kleinen
Sein Ohr das in den Linnen ruht
Und sie beginnt darüber zu weinen
Weil sie an traurige Vorzeichen denkt
Und betrachtet ohne daß sie es anzufassen wagt
Die abscheuliche zarte Muschel
Darin die tote Liebe klagt
Darin die unmenschliche Stimme der Kunst
Sich mit dem Murmeln des Meeres mischt
Und auf dem Fliesenboden erlischt
In dem Zimmer wo das rote Plumeau
Rot in plötzlich entflammter Glut
Dieses so rote Rot
Sich mit dem noch viel röteren Blut
Des halbtoten Vincent vermischt
Und weise wie das wahre Bild
Der Armut und der Liebe
Betrachtet die Kleine die so einsam ist so altjung so nackt
Den armen Vincent
Der vom eigenen Gewitter gepackt
Hinstürzt auf das Geviert der Fliesen
Und nun in seinem schönsten Bilde ruht
Und das entladene Gewitter zieht gleichmütig fort
Rollt weiter seine Tonnen mit Blut
Das zuckende Gewitter von Vincents Genie
Und Vincent bleibt dort

Et Vincent reste là dormant rêvant râlant
Et le soleil au-dessus du bordel
Comme une orange folle dans un désert sans nom
Le soleil sur Arles
En hurlant tourne en rond.

Schlafend träumend röchelnd
Und die Sonne über dem Bordell
Eine irre Orange in einer Wüste die keinen Namen hat
Die Sonne über der Stadt
Kreist heulend und schnell.

Dimanche

Entre les rangées d'arbres de l'avenue des Gobelins
Une statue de marbre me conduit par la main
Aujourd'hui c'est dimanche les cinémas sont pleins
Les oiseaux dans les branches regardent les humains
Et la statue m'embrasse mais personne ne nous voit
Sauf un enfant aveugle qui nous montre du doigt.

Sonntag

Durch der Allee grünen Flur entlang der Baumsäulenwand
Führt eine Marmorfigur mich getreu bei der Hand
Heute haben wir Sonntag die Kinos sind überfüllt
Die Vögel im zweigigen Hag betrachten das Menschengebild
Und die Statue küßt mich doch niemand hat es gesehn
Nur ein blindes Kind bleibt mit deutendem Finger stehn.

Le jardin

Des milliers et des milliers d'années
Ne sauraient suffire
Pour dire
La petite seconde d'éternité
Où tu m'as embrassé
Où je t'ai embrassée
Un matin dans la lumière de l'hiver
Au parc Montsouris à Paris
A Paris
Sur la terre
La terre qui est un astre.

Der Garten

Abertausend Jahre Zeit
Fassen nicht
Die kleine Sekunde Ewigkeit
Da du mich küßtest
Da ich dich küßte
Eines Morgens unterm Wintersonnenlicht
In einem Park zu Paris
Zu Paris
Auf dieser Erde
Die ein Stern ist.

L'Automne

Un cheval s'écroule au milieu d'une allée
Les feuilles tombent sur lui
Notre amour frissonne
Et le soleil aussi.

Herbst

Inmitten der Allee bricht ein Pferd zusammen
Blätter fallen auf das Tier
Unsere Liebe erschauert
Und die Sonne erschauert wie wir.

Paris at Night

Trois allumettes une à une allumées dans la nuit
La première pour voir ton visage tout entier
La seconde pour voir tes yeux
La dernière pour voir ta bouche
Et l'obscurité tout entière pour me rappeler tout cela
En te serrant dans mes bras.

Paris at Night

Drei Zündhölzer eines ums andre angezündet in der Nacht
Das erste für dein Angesicht
Das zweite für deine Augen
Das dritte für deinen Mund
Und dann mag die Nacht mir all das wieder ins Gedächtnis bringen
Wenn meine Arme dich umschlingen.

Le Bouquet

Que faites-vous là petite fille
Avec ces fleurs fraîchement coupées
Que faites-vous là jeune fille
Avec ces fleurs ces fleurs séchées
Que faites-vous là jolie femme
Avec ces fleurs qui se fanent
Que faites-vous là vieille femme
Avec ces fleurs qui meurent

J'attends le vainqueur.

Der Blumenstrauß

Was machst du da mein kleines Mädchen
Mit den Blumen die du frisch geschnitten
Was machst du da mein junges Mädchen
Mit den Blumen die um Wasser bitten
Was machst du hübsches Weib
Mit den Blumen deren Kraft verrinnt
Was machst du alte Frau
Mit den Blumen die am Sterben sind

Ich warte auf den Sieger der mich nimmt.

Barbara

Rappelle-toi Barbara
Il pleuvait sans cesse sur Brest ce jour-là
Et tu marchais souriante
Épanouie ravie ruisselante
Sous la pluie
Rappelle-toi Barbara
Il pleuvait sans cesse sur Brest
Et je t'ai croisée rue de Siam
Tu souriais
Et moi je souriais de même
Rappelle-toi Barbara
Toi que je ne connaissais pas
Toi qui ne me connaissais pas
Rappelle-toi
Rappelle-toi quand même ce jour-là
N'oublie pas
Un homme sous un porche s'abritait
Et il a crié ton nom
Barbara
Et tu as couru vers lui sous la pluie
Ruisselante ravie épanouie
Et tu t'es jetée dans ses bras
Rappelle-toi cela Barbara
Et ne m'en veux pas si je te tutoie
Je dis tu à tous ceux que j'aime
Même si je ne les ai vus qu'une seule fois
Je dis tu à tous ceux qui s'aiment
Même si je ne les connais pas
Rappelle-toi Barbara
N'oublie pas
Cette pluie sage et heureuse
Sur ton visage heureux
Sur cette ville heureuse
Cette pluie sur la mer
Sur l'arsenal
Sur le bateau d'Ouessant
Oh Barbara
Quelle connerie la guerre
Qu'es-tu devenue maintenant
Sous cette pluie de fer
De feu d'acier de sang
Et celui qui te serrait dans ses bras

Barbara

Erinnre dich Barbara
Was an jenem Regentag in Brest geschah
Lächelnd schrittest du
Durch den Regen
Triefend heiter hübsch verwegen
Erinnre dich Barbara
Wie in Brest es unaufhörlich regnete
Und ich dir begegnete
Du lächeltest
Und ich lächelte wie du
Erinnre dich Barbara
Du die ich nicht kannte
Du die mich nicht kannte
Erinnre dich
Erinnre jenes Tages dich
Vergiß ihn nicht
Ein Mann der unter einem Torweg stand
Rief dich beim Namen
Barbara
Und du liefst im Regen
Auf ihn zu
Triefend heiter hübsch verwegen
Und du hingst an seiner Brust
Daran denke Barbara
Und sei mir nicht böse wenn ich du zu dir sage
Zu allen die ich liebe sag ich du
Selbst wenn ich sie nur einmal sah
Zu allen die sich lieben sag ich du
Selbst wenn ich sie nicht kenne
Erinnre dich Barbara
Vergiß ihn nicht
Diesen weisen und glücklichen Regen
Auf deinem glücklichen Gesicht
Auf dieser glücklichen Stadt
Diesen Regen auf dem Meer
Auf dem Arsenal
O Barbara
Der Krieg ist eine Sauerei
Wie mag es dir ergangen sein
In jenem Regen aus Eisen aus Blei
Aus Feuer aus Stahl aus Blut
Und er in dessen Armen du geruht

Amoureusement
Est-il mort disparu ou bien encore vivant
Oh Barbara
Il pleut sans cesse sur Brest
Comme il pleuvait avant
Mais ce n'est plus pareil et tout est abîmé
C'est une pluie de deuil terrible et désolée
Ce n'est même plus l'orage
De fer d'acier de sang
Tout simplement des nuages
Qui crèvent comme des chiens
Des chiens qui disparaissent
Au fil de l'eau sur Brest
Et vont pourrir au loin
Au loin très loin de Brest
Dont il ne reste rien.

Verliebt
Ist er tot vermißt oder lebt er noch
O Barbara
Unaufhörlich fällt auf Brest der Regen
Wie einst
Aber es ist nicht wie einst und alles ist dahin
Es ist ein Trauerregen furchtbar ohne jeden Sinn
Auch ist es nicht mehr jenes Stürmen
Aus Stahl aus Eisen und aus Blut
Nur Wolken sind's die über Brest sich türmen
Und die wie Hunde sterben
Wie Hunde die es in der Luft zerreibt
Zu Wasserfäden über Brest
Weit fort weit fort von Brest
Davon nichts bleibt.

Inventaire

Une pierre
deux maisons
trois ruines
quatre fossoyeurs
un jardin
des fleurs

un raton laveur

une douzaine d'huîtres un citron un pain
un rayon de soleil
une lame de fond
six musiciens
une porte avec son paillasson
un monsieur décoré de la légion d'honneur

un autre raton laveur

un sculpteur qui sculpte des Napoléon
la fleur qu'on appelle souci
deux amoureux sur un grand lit
un receveur des contributions une chaise trois dindons
un ecclésiastique un furoncle
une guêpe
un rein flottant
une écurie de courses
un fils indigne deux frères dominicains trois sauterelles un strapontin
deux filles de joie un oncle Cyprien
une Mater dolorosa trois papas gâteau deux chèvres de Monsieur Seguin
un talon Louis XV
un fauteuil Louis XVI
un buffet Henri II deux buffets Henri III trois buffets Henri IV
un tiroir dépareillé
une pelote de ficelle deux épingles de sûreté un monsieur âgé
une Victoire de Samothrace un comptable deux aides-comptables un homme du monde deux chirurgiens trois végétariens
un cannibale
une expédition coloniale un cheval entier une demi-pinte de bon sang une mouche tsé-tsé
un homard à l'américaine un jardin à la française
deux pommes à l'anglaise
un face-à-main un valet de pied un orphelin un poumon d'acier

Inventar

Ein Stein
zwei Häuser
drei Ruinen
vier Totengräber
ein Garten
Blumen

ein Waschbär

ein Dutzend Austern eine Zitrone ein Brot
ein Sonnenstrahl
eine Sturzwelle
sechs Musiker
eine Tür mit Fußabtreter
ein Herr mit der Rosette der Ehrenlegion

noch ein Waschbär

ein Bildhauer der Napoleons bildhauert
die Blume Herzeleid
zwei Liebende in einem großen Bett
ein Steuereinnehmer ein Stuhl drei Truthähne
ein Priester ein Furunkel
eine Wespe
eine Wanderniere
ein Rennstall
ein mißratener Sohn zwei Klosterbrüder drei Heuschrecken
ein Klappsessel
zwei Freudenmädchen ein Onkel aus Zypern
eine Mater dolorosa drei Paternoster
ein Absatz Louis XV
ein Sessel Louis XVI
eine Kredenz Henri II zwei Kredenzen Henri III drei Kredenzen Henri IV
eine einzelne Schublade
ein Knäuel Bindfaden zwei Sicherheitsnadeln ein älterer Herr
eine Nike von Samothrake ein Rechnungsführer zwei Hilfsrechnungsführer ein Weltmann zwei Chirurgen drei Vegetarier
ein Kannibale
eine Kolonialexpedition ein ganzes Pferd eine halbe Pinte gutes Blut
eine Tsetse-Fliege
eine holländische Sauce zwei französische Parfüms
ein englischer Garten

un jour de gloire
une semaine de bonté
un mois de Marie
une année terrible
une minute de silence
une seconde d'inattention
et...

cinq ou six ratons laveurs
un petit garçon qui entre à l'école en pleurant
un petit garçon qui sort de l'école en riant
une fourmi
deux pierres à briquet
dix-sept éléphants un juge d'instruction en vacances assis sur un pliant
un paysage avec beaucoup d'herbe verte dedans
une vache
un taureau
deux belles amours trois grandes orgues un veau marengo
un soleil d'Austerlitz
un siphon d'eau de Seltz
un vin blanc citron
un Petit Poucet un grand pardon un calvaire de pierre une échelle de corde
deux sœurs latines trois dimensions douze apôtres mille et une nuits trente-deux positions six parties du monde cinq points cardinaux dix ans de bons et loyaux services sept péchés capitaux deux doigts de la main dix gouttes avant chaque repas trente jours de prison dont quinze de cellule cinq minutes d'entr'acte

et...

plusieurs ratons laveurs.

ein Handschuh ein Fußbad ein Waisenkind eine eiserne Lunge
ein Ruhmestag
eine Höflichkeitswoche
ein Honigmonat
ein Unglücksjahr
eine Schweigeminute
eine Schreckenssekunde
und...

fünf oder sechs Waschbären

ein kleiner Junge der weinend die Schule betritt
ein kleiner Junge der lachend die Schule verläßt
eine Ameise
zwei Feuersteine
siebzehn Elefanten ein Untersuchungsrichter in Ferien auf einem Liegestuhl
eine Landschaft mit viel grünem Gras
eine Kuh
ein Stier
zwei große Lieben drei große Orgien ein Kalbskopf Marengo
eine Sonne von Austerlitz
ein Siphon mit Selterswasser
ein Schorle-Morle

ein kleiner Däumling ein großer Versöhnungstag ein dorniger Leidensweg eine hanfene Strickleiter
zwei Seelen in der Brust drei Dimensionen zwölf Apostel tausendundeine Nacht zweiunddreißig Stellungen sechs Werktage fünf Erdteile zehn Jahre treue Dienste sieben Todsünden zwei Schwurfinger zehn Tropfen vor jeder Mahlzeit dreißig Jahre Gefängnis davon fünfzehn in Einzelhaft zehn Minuten Pause
und...

mehrere Waschbären.

La Rue de Buci maintenant . . .

Où est-il parti
le petit monde fou du dimanche matin
Qui donc a baissé cet épouvantable rideau de poussière et de fer sur
cette rue
cette rue autrefois si heureuse et si fière d'être rue
comme une fille heureuse et fière d'être nue.
Pauvre rue
te voilà maintenant abandonnée dans le quartier
abandonné lui-même dans la ville dépeuplée.
Pauvre rue
morne corridor menant d'un point mort à un autre point mort
tes chiens maigres et seuls et ton gros mutilé de guerre
qui a tellement maigri lui aussi
et qui passe dans sa petite voiture mécanique
traversant au hasard sans savoir où aller
s'arrêtant n'importe où sans même savoir où c'est
il s'était fait une raison d'homme
une fois l'autre guerre finie
une raison avec sa voiture
une raison avec ses deux jambes arrachées
et il avait ses petites habitudes
on lui disait bonjour il connaissait tout le monde
et tout le monde le connaissait.
Et il roulait
il s'arrêtait pour boire un verre il oubliait il plaisantait
et puis il allait déjeuner
et voilà qu'encore une fois tout a encore recommencé
et il roule lentement dans sa rue
et il ne la reconnaît plus
et elle ne le reconnaît plus non plus
et la misère debout fait la queue aux portes du malheur
aux portes de l'ennui
et la rue est vide et triste
abandonnée comme une vieille boîte au lait
et elle se tait.
Pauvre rue qui ne veut plus qui ne peut plus rien dire
pauvre rue dépareillée et sous-alimentée
on t'a retiré le pain de la bouche
on t'a arraché les ovaires
on t'a coupé l'herbe sous le pied
on t'a rentré tes chansons dans la gorge
on t'a enlevé ta gaîté

Die Rue de Buci heute . . .

Wo ist sie hingeraten
die kleine närrische Welt vom Sonntagmorgen
Wer hat auf diese Straße den Schreckenswall aus Staub und Eisen
gesenkt
auf diese Straße die einst so glücklich war und so stolz darauf Straße
zu sein
wie ein Mädchen glücklich ist und stolz an seine Nacktheit denkt
Arme Straße
verlassen liegst du nun in deinem Viertel
das selber verlassen ist inmitten der entvölkerten Stadt.
Arme Straße
trüber Korridor von einem toten Punkt zum andern
mit deinen mageren Hunden die einsam dich durchwandern
und deinem dicken Kriegsinvaliden der auch sehr abgenommen hat
und der in seinem kleinen Wägelchen vorüberfährt
der dich ohne zu wissen wohin aufs Geratewohl überquert
der irgendwo anhält ohne zu wissen wo er ist
er hatte sich abgefunden der Mann
nach jenem ersten Krieg
abgefunden mit dem Wägelchen dem kleinen
abgefunden mit seinen beiden ausgerissenen Beinen
und hatte seine lieben Gewohnheiten
man grüßte ihn und er kannte alle Welt
und alle Welt kannte ihn.
Er rollte dahin
er hielt an um ein Glas zu trinken er scherzte er fand Vergessen
und fuhr danach zum Essen
und nun beginnt für ihn wieder alles von vorn
und er rollt langsam durch seine Straße
und erkennt nicht ihr Gesicht
und sie erkennt das seine nicht
und das Elend steht Schlange vor des Unglücks Türen
vor den Türen des Kummers
und die Straße ist leer und verlassen wie eine alte Milchdose die man
weggekehrt
und schweigt
Arme Straße die nicht mehr reden will die nicht mehr reden kann
arme Straße abgetrennt und unterernährt
man hat dir das Brot aus dem Mund gezogen
man hat dir die Eierstöcke ausgerissen
man hat dir das Gras unterm Fuße abgeschnitten
man hat dir die Lieder in der Kehle erstickt

et le diamant de ton rire s'est brisé les dents
sur le rideau de fer de la connerie et de la haine
et les gosses du quartier ne sortent plus de chez le boulanger souriants
en mangeant la pesée
au Cours des Halles les sanguines
les petits soleils de Valence
ne roulent plus dans les balances
dans les filets des ménagères
abandonnant sur le trottoir
leurs jolies robes de papier
avec des toréadors et de belles cigarières
imprimées de toutes les couleurs
et puis des noms de villes étrangères
pour faire rêver les étrangers.
Et toi citron jaune
toi qui trônais comme un seigneur au milieu de tes Portugaises vertes
tu étais l'astre de la misère
la lumière du repas de midi et demi
Où es-tu maintenant
citron jaune qui venais des autres pays
et toi vieille cloche qui vendais des crayons
et qui trouvais dans le vin rouge et dans tes rêves sous les ponts
d'extraordinaires balivernes des histoires d'un autre monde
de prodigieuses choses sans nom
où es-tu
où sont tes crayons...
Et vous marchandes à la sauvette
où sont vos lacets vos oignons
où est le bleu de la lessive
où sont les aiguilles et le fil et les épingles de sûreté.
Et vous filles des quatre saisons
vous êtes là encore bien sûr
mais le cœur n'y est plus
le cœur de ce quartier
le cœur de ces artères
le cœur de cette rue
et vous vendez de mauvaises herbes
et vous avez beaucoup changé.
Vos cris n'ont plus la même musique
dans votre voix quelque chose est brisé...
Et toi jolie fille
qui te promenais
et qui vivais
autour et alentour de la rue de Buci
toi qui grandissais dans ce paysage

man hat dich um deine Heiterkeit betrogen
und der Diamant deines Lachens hat sich auf dem Wall aus Eisen Dummheit und Haß die Zähne zerschlagen
und die Jungens kommen nicht mehr lächelnd und kauend von den Bäckerwaagen
in der Markthalle kullern die Blutapfelsinen
die kleinen Mandarinen
nicht mehr in den Wiegeschalen
in den Einkaufsnetzen der Haushälterinnen
und lassen auf dem Pflaster nicht mehr
ihre hübschen Kleider aus Seidenpapier zurück
mit Stierkämpfern und schönen Zigarrendreherinnen
bedruckt in allen Farben
und mit den Namen fremder Städte
damit die Fremden träumen vom fremden Glück
Und du gelbe Zitrone
die du inmitten deiner portugiesischen Austern saßest wie auf dem Throne
du warst das Gestirn der Not
das tägliche Licht überm Mittagsbrot
Wo bist du jetzt
gelbe Zitrone die aus andern Ländern kam
und du alter Bursch der Bleistifte feilbot
und im Rotwein und in den Träumen unter den Brücken
erstaunlich alberne Geschichten erfand aus einer anderen Welt
wo bist du
wie ist's mit deinen Bleistiften bestellt.
Und ihr fliegenden Händler
wo sind eure Schnürsenkel eure Zwiebeln
wo ist das Waschblau das Gummiband
wo sind die Garnrollen die Sicherheitsnadeln
und ihr Mädchen vom Gemüsestand
gewiß ihr seid noch da
aber das Herz nicht mehr
das Herz dieses Viertels
das Herz dieser Straße
und ihr verkauft schlechtes Zeug
und verändert habt ihr euch sehr
Eure Rufe haben nicht mehr den gleichen Klang
in euren Stimmen ist etwas zersprungen ...
Und du junges Ding
das einst spazierenging
und lebte
rund um die Rue de Buci herum
die du aufwuchsest in dieser Landschaft aus Glück und Not

toi qui te promenais tous les matins
avec ton chien
avec ton pain
et puis qui es partie
maintenant tu es revenue
et toi non plus tu ne reconnais plus ta rue.
La rue où tu marchais le dimanche matin
avec ton chien
et puis ton pain
tu venais à peine de te réveiller
tes yeux étaient grands ouverts
et brillaient
et tu paraissais nue sous ta robe légère
et tu souriais
heureuse qu'on te regarde
et d'être regardée
devinée désirée
caressée du regard par ta rue tout entière
par ta rue de Buci
qui fronçait le sourcil
qui haussait les épaules
qui faisait celle qui est en colère
et te montrait du doigt
et te traitait de tous les noms
Si ce n'est pas une honte
à son âge
avez-vous déjà vu ça ...
et parlait d'en parler à ton père
ta rue de Buci
qui faisait l'indignée
celle qui était en colère
mais dans le fond
heureuse et fière
de ta beauté éblouissante
de ta provocante jeunesse
de ta merveilleuse pauvreté
de ta merveilleuse liberté.

die du jeden Morgen spazierengingst
mit deinem Hund
mit deinem Brot
und dann verschwandest
nun bist du wieder im Land
und auch du hast die Straße nicht mehr erkannt
Die Straße in der du gingst am Sonntagmorgen
mit deinem Hund
mit deinem Brot
du warst gerade aufgestanden
groß waren deine Augen
und leuchteten
und du schienst nackt unter deinem leichten Kleid
und lächeltest
geschmeichelt
über die allgemeine Aufmerksamkeit
glücklich daß man dich betrachtete
umrätselt warst du begehrt
vom Blick deiner ganzen Straße umstreichelt
deiner Rue de Buci
die die Brauen runzelte
die die Schultern hob
die zornig tat
und mit dem Finger auf dich wies
und dir alle möglichen Schimpfnamen gab
Ist's nicht eine Schande
in dem Alter
hat man so was schon gesehn
und die davon sprach mit deinem Vater zu sprechen
deine Rue de Buci
die mit dem Munde
entrüstet und zornig tat
die aber im Grunde
glücklich war und stolz
auf deine betörende Schönheit
auf deine herausfordernde Jugend
auf deine wunderbare Armut
auf deine wunderbare Freiheit.

Osiris
ou
La fuite en Égypte

C'est la guerre c'est l'été
Déjà l'été encore la guerre
Et la ville isolée désolée
Sourit sourit encore
Sourit sourit quand même
De son doux regard d'été
Sourit doucement à ceux qui s'aiment
C'est la guerre et c'est l'été
Un homme avec une femme
Marchent dans un musée
Leurs pas sont les seuls pas dans ce musée désert
Ce musée c'est le Louvre
Cette ville c'est Paris
Et la fraîcheur du monde
Est là tout endormie
Un gardien se réveille en entendant les pas
Appuie sur un bouton et retombe dans son rêve
Cependant qu'apparaît dans sa niche de pierre
La merveille de l'Égypte debout dans sa lumière
La statue d'Osiris vivante dans le bois mort
Vivante à faire mourir une nouvelle fois de plus
Toutes les idoles mortes des églises de Paris
Et les amants s'embrassent
Osiris les marie
Et puis rentre dans l'ombre
De sa vivante nuit.

Osiris
oder
Die Flucht nach Ägypten

Das ist der Krieg das ist der Sommer
Schon Sommer und noch immer Krieg
Und die verlaßne bekümmerte Stadt
Lächelt noch immer
Lächelt trotz allem
Mit ihrem Sonnenblick
Lächelt hold denen zu die sich lieben
Das ist der Krieg das ist der Sommer
Ein Mann und eine Frau
Durchwandern ein Museum
Ihr Schritt hallt einsam durch das Riesenverlies
Das Museum ist der Louvre
Die Stadt ist Paris
Und die Frische der Welt
Schlummert hier ungestört
Ein Wächter erwacht als er die Schritte hört
Er dreht einen Schalter und sinkt zurück in sein Traumgesicht
Indes erscheint in der Nische aus Stein
Das Wunder Ägyptens aufrecht im Licht
Des Osiris lebendiges Standbild im toten Hain
Und verhängt wieder einmal tödliche Finsternis
Über die toten Idole der Kirchen von Paris
Und die Liebenden küssen sich
Osiris macht sie zu Gatten
Und kehrt zurück in den Schatten
Seiner lebendigen Nacht.

Le discours sur la paix

Vers la fin d'un discours extrêmement important
le grand homme d'État trébuchant
sur une belle phrase creuse
tombe dedans
et désemparé la bouche grande ouverte
haletant
montre les dents
et la carie dentaire de ses pacifiques raisonnements
met à vif le nerf de la guerre
la délicate question d'argent.

Die Friedensrede

Gegen Schluß einer außerordentlich bedeutenden Rede
stolpert der große Staatsmann
zu seiner Pein
über die Höhlung einer schönen Phrase
und fällt hinein
keuchend in plötzlicher Enge
weist sein weitaufgerissener Mund
die Zähne her
und
die Zahnfäule seiner pazifistischen Gedankengänge
legt den Nerv des Krieges zutage
die peinliche Finanzierungsfrage.

Le contrôleur

Allons allons
Pressons
Allons allons
Voyons pressons
Il y a trop de voyageurs
Trop de voyageurs
Pressons pressons
Il y en a qui font la queue
Il y en a partout
Beaucoup
Le long du débarcadère
Ou bien dans les couloirs du ventre de leur mère
Allons allons pressons
Pressons sur la gâchette
Il faut bien que tout le monde vive
Alors tuez-vous un peu
Allons allons
Voyons
Soyons sérieux
Laissez la place
Vous savez bien que vous ne pouvez pas rester là
Trop longtemps
Il faut qu'il y en ait pour tout le monde
Un petit tour on vous l'a dit
Un petit tour du monde
Un petit tour dans le monde
Un petit tour et on s'en va
Allons allons
Pressons pressons
Soyez polis
Ne poussez pas.

Der Schaffner

Bitte einsteigen
Etwas nachrücken
Einsteigen
Bitte nachrücken
Es sind zuviel Fahrgäste
Zuviel Fahrgäste
Bitte durchtreten in den Gang
Es warten noch viele
Überall Gedränge
Am Bahnsteig entlang
Oder in des Mutterleibs Enge
Einsteigen nachrücken
Langsam den Abzugshahn durchdrücken
Alle wollen leben
Drum bringt euch ruhig ein bißchen um
Bitte einsteigen
Vernünftig sein
Bitte weitergehen
Sie können sowieso nicht ewig hier stehen
Jeder braucht Platz
Eine kleine Reise wie bereits festgestellt
Eine kleine Weltreise
Eine kleine Reise in die Welt
Eine kleine Reise und Schluß
Bitte einsteigen
Bitte nachrücken
Rücksicht nehmen
Nicht drängen.

Le temps perdu

Devant la porte de l'usine
le travailleur soudain s'arrête
le beau temps l'a tiré par la veste
et comme il se retourne
et regarde le soleil
tout rouge tout rond
souriant dans son ciel de plomb
il cligne de l'œil
familièrement
Dis donc camarade Soleil
tu ne trouves pas
que c'est plutôt con
de donner une journée pareille
à un patron?

Die verlorene Zeit

Vor dem Tor zur Fabrik
Hält der Arbeiter plötzlich an
Das schöne Wetter hat ihn am Rock gezupft
Und als er sich umwendet
Und die Sonne betrachtet
Die rot leuchtet und blendet
Lächelnd im bleigrauen Himmel
Zwinkert er ihr vertraulich zu
Sag Kamerad Sonne
Meinst nicht auch du
Man sollte sich verdammt bedenken
Einen solchen Tag
Dem Chef zu schenken?

Le combat avec l'ange

A J.-B. Brunius

N'y va pas
tout est combiné d'avance
le match est truqué
et quand il apparaîtra sur le ring
environné d'éclairs de magnésium
ils entonneront à tue-tête le Te Deum
et avant même que tu te sois levé de ta chaise
ils te sonneront les cloches à toute volée
ils te jetteront à la figure l'éponge sacrée
et tu n'auras pas le temps de lui voler dans les plumes
il se jetteront sur toi
et il te frappera au-dessous de la ceinture
et tu t'écrouleras
les bras stupidement en croix
dans la sciure
et jamais plus tu ne pourras faire l'amour.

Der Kampf mit dem Engel

Für J.-B. Brunius

Geh nicht hin
Es ist alles vorher abgekartet
Der Kampf ist Schwindel
Und wenn Er im Ring erscheint
Umblitzt von Magnesium
Grölen sie das Te Deum
Und noch bevor du dich vom Schemel erhebst
Läuten sie die Glocken wie zur Messe
Und schmeißen dir den heiligen Schwamm
In die Fresse
Es wird dir nicht gelingen seine Federn zu zerfetzen
Sie werden dich packen
Und er wird dir einen Tiefschlag versetzen
Und du wirst zusammensacken
Und wie gekreuzigt am Boden liegen
Mit stieren Augen
Zum Beischlaf wirst du hinfort nicht mehr taugen.

Place du Carrousel

Place du Carrousel
vers la fin d'un beau jour d'été
le sang d'un cheval
accidenté et dételé
ruisselait
sur le pavé
Et le cheval était là
debout
immobile
sur trois pieds
Et l'autre pied blessé
blessé et arraché
pendait
Tout à côté
debout
immobile
il y avait aussi le cocher
et puis la voiture elle aussi immobile
inutile comme une horloge cassée
Et le cheval se taisait
le cheval ne se plaignait pas
le cheval ne hennissait pas
il était là
il attendait
et il était si beau si triste si simple
et si raisonnable
qu'il n'était pas possible de retenir ses larmes.

Oh
jardins perdus
fontaines oubliées
prairies ensoleillées
oh douleur
splendeur et mystère de l'adversité
sang et lueurs
beauté frappée
Fraternité

Place du Carrousel

Auf der Place du Carrousel
an einem schönen Sommerabend
rann das Blut
eines verletzten Pferdes das ausgespannt
dort reglos stand
aufs Pflaster
Und das Pferd stand dort
aufrecht
reglos
auf drei Beinen
Und das vierte das verletzte Bein
abgerissen und allein
hing herab
Dicht daneben
aufrecht
reglos
stand der Fuhrmann
stand der Wagen
reglos
nutzlos
wie eine zerbrochene Uhr
Und das Pferd schwieg still
es klagte nicht
es wieherte nicht
es stand dort
es wartete
und war so schön so traurig so schlicht
und so vernünftig
daß man seinen Tränen nicht gebieten konnte

O verlorene Gärten
vergessene Quellen
besonnte Prärien
O Schmerz
Glanz und Geheimnis des Mißgeschicks
Blut und Glut
Geschlagene Schönheit
Brüderlichkeit.

Promenade de Picasso

Sur une assiette bien ronde en porcelaine réelle
une pomme pose
face à face avec elle
un peintre de la réalité
essaie vainement de peindre
la pomme telle qu'elle est
mais
elle ne se laisse pas faire
la pomme
elle a son mot à dire
et plusieurs tours dans son sac de pomme
la pomme
et la voilà qui tourne
dans son assiette réelle
sournoisement sur elle-même
doucement sans bouger
et comme un duc de Guise qui se déguise en bec de gaz
parce qu'on veut malgré lui lui tirer le portrait
la pomme se déguise en beau fruit déguisé
et c'est alors
que le peintre de la réalité
commence à réaliser
que toutes les apparences de la pomme sont contre lui
et
comme le malheureux indigent
comme le pauvre nécessiteux qui se trouve soudain à la merci de n'importe quelle association bienfaisante et charitable et redoutable de bienfaisance de charité et de redoutabilité
le malheureux peintre de la réalité
se trouve soudain alors être la triste proie
d'une innombrable foule d'associations d'idées
Et la pomme en tournant évoque le pommier
le Paradis terrestre et Ève et puis Adam
l'arrosoir l'espalier Parmentier l'escalier
le Canada les Hespérides la Normandie la Reinette et l'Api
le serpent du Jeu de Paume le serment du Jus de Pomme
et le péché originel
et les origines de l'art
et la Suisse avec Guillaume Tell
et même Isaac Newton
plusieurs fois primé à l'Exposition de la Gravitation Universelle
et le peintre étourdi perd de vue son modèle

Picasso geht spazieren

Auf einem runden Teller aus wirklichem Porzellan
steht ein Apfel Modell
Aug in Aug mit ihm
trachtet ein Wirklichkeitsmaler
vergebens
den Apfel so zu malen wie der Apfel ist
er läßt sich nicht malen
der Apfel
er hat auch ein Wort mitzureden
und findet immer wieder einen Dreh
der Apfel
er dreht sich
auf seinem wirklichen Teller
heimtückisch um sich selber
ganz sachte ohne zu zittern
und wie eine Butterbirne die sich als Glühbirne verkleidet
verkleidet der Apfel sich
als Apfel im Schlafrock
weil man ihn gegen seinen Willen porträtieren will
da
beginnt der Wirklichkeitsmaler
nun wirklich zu begreifen
daß des Apfels Erscheinungsformen alle gegen ihn sind
und
wie ein bedauernswerter Armer
wie ein armer Bedürftiger der plötzlich angewiesen ist auf die Gnade
jeder einigermaßen wohltätigen mildtätigen mächtigen
Assoziation wohltätiger mildtätiger mächtiger Art
wird der bedauernswerte Wirklichkeitsmaler
plötzlich das traurige Opfer
einer unermeßlichen Fülle von Assoziationen
und der kreisende Apfel beschwört
den Apfelbaum
das Paradies und Adam und Eva
die Gießkanne Spalierobst das Parisurteil
Kanada die Hesperiden den Reichsapfel den Augapfel den Pferdeapfel
den Apfelschimmel
und die Erbsünde
und die Sünde wider die Kunst
und die Schweiz mit Wilhelm Tell
und sogar Isaac Newton der auf der Fallobst-Weltausstellung wieder-
holt prämiiert wurde

et s'endort
C'est alors que Picasso
qui passait par là comme il passe partout
chaque jour comme chez lui
voit la pomme et l'assiette et le peintre endormi
Quelle idée de peindre une pomme
dit Picasso
et Picasso mange la pomme
et la pomme lui dit Merci
et Picasso casse l'assiette
et s'en va en souriant
et le peintre arraché à ses songes
comme une dent
se retrouve tout seul devant sa toile inachevée
avec au beau milieu de sa vaisselle brisée
les terrifiants pépins de la réalité.

und der betäubte Künstler verliert sein Modell aus dem Auge
und schläft ein
in diesem Augenblick kommt Picasso daher
der
da er schlechthin überall vorbeikommt
auch dort vorbeikommt
als sei er zuhause
er sieht den Apfel und den Teller und den schlafenden Maler
Welch ein Unding einen Apfel zu malen
sagt Picasso
und Picasso ißt den Apfel
und der Apfel sagt Danke
und Picasso zerbricht den Teller
und geht lächelnd davon
und der Maler
aus seinen Träumen gerissen wie ein Zahn
sieht sich mit seinem unvollendeten Werk gänzlich entzweit
und bemerkt inmitten der Scherben aus Porzellan
die furchtbaren Apfelkerne der Wirklichkeit.

Lanterne magique de Picasso

Tous les yeux d'une femme joués sur le même tableau
Les traits de l'être aimé traqué par le destin sous la fleur immobile d'un sordide papier peint
L'herbe blanche du meurtre dans une forêt de chaises
Un mendiant de carton éventré sur une table de marbre
Les cendres d'un cigare sur le quai d'une gare
Le portrait d'un portrait
Le mystère d'un enfant
La splendeur indéniable d'un buffet de cuisine
La beauté immédiate d'un chiffon dans le vent
La folle terreur du piège dans un regard d'oiseau
L'absurde hennissement d'un cheval décousu
La musique impossible des mules à grelots
Le taureau mis à mort couronné de chapeaux
La jambe jamais pareille d'une rousse endormie et la très grande oreille de ses moindres soucis
Le mouvement perpétuel attrapé à la main
L'immense statue de pierre d'un grain de sel marin
La joie de chaque jour et l'incertitude de mourir et le fer de l'amour dans la plaie d'un sourire
La plus lointaine étoile du plus humble des chiens
Et salé sur une vitre le tendre goût du pain
La ligne de chance perdue et retrouvée brisée et redressée parée des haillons bleus de la nécessité
L'étourdissante apparition d'un raisin de Malaga sur un gâteau de riz
Un homme dans un bouge assomant à coups de rouge le mal du pays
Et la lueur aveuglante d'un paquet de bougies
Une fenêtre sur la mer ouverte comme une huître
Le sabot d'un cheval le pied nu d'une ombrelle
La grâce incomparable d'une tourterelle toutė seule dans une maison très froide
Le poids mort d'une pendule et ses moments perdus
Le soleil somnambule qui réveille en sursaut au milieu de la nuit la Beauté somnolente et soudain éblouie qui jette sur ses épaules le manteau de la cheminée et l'entraîne avec lui dans le noir de fumée masquée de blanc d'Espagne et vêtue de papiers collés
Et tant de choses encore
Une guitare de bois vert berçant l'enfance de l'art
Un ticket de chemin de fer avec tous ses bagages
La main qui dépayse un visage qui dévisage un paysage
L'écureuil caressant d'une fille neuve et nue
Splendide souriante heureuse et impudique

Picassos Laterna magica

Alle Augen einer Frau ausgespielt auf dasselbe Bild
Die Züge des geliebten Wesens vom Schicksal getrieben unter der
reglosen Blume eines schmutzigen Vorsatzpapiers
Das weiße Gras des Mordes in einem Wald von Stühlen
Ein Bettler aus Pappe der aufgeschlitzt auf einem Marmortisch liegt
Zigarrenasche auf einer Bahnhofsrampe
Das Bildnis eines Bildnisses
Das Geheimnis in einem Kinde
Der unleugbare Glanz eines Küchenbüffets
Die unmittelbare Schönheit eines Lappens im Winde
Die irre Furcht vor der Schlinge in einem Vogelblick
Das unsinnige Gewieher eines zerrissenen Pferdes
Die unmögliche Musik die aus Maultierglocken tönt
Der getötete Stier von lauter Strohhüten gekrönt
Das niemals gleiche Bein einer schlafenden Rothaarigen gegen Morgen
und das sehr große Ohr ihrer geringsten Sorgen
Das Perpetuum Mobile eingefangen mit der bloßen Hand
Das ungeheure Steindenkmal eines Körnchens Sand
Die Freude jedes Tages und die Unsicherheit des Sterbens und das Eisen
der Liebe in eines Lachens Wunde
Der fernste Stern des demütigsten aller Hunde
Und der zarte Duft des Brotes auf eine Fensterscheibe gebannt
Die Linie des Glücks verloren und wiedergefunden zerbrochen und
erneuert aufgeputzt mit den blauen Lumpen der Not
Die betäubende Erscheinung einer Malagatraube auf einem Kuchenbrot
Ein Mann in einer Rumpelkammer der sich mit Rotwein das Heimweh
spült aus dem Herzen
Und der blendende Glanz eines Bündels Kerzen
Ein Fenster auf das Meer das sich öffnet wie eine Auster
Der Huf eines Pferdes der nackte Fuß eines Sonnenschirms
Der unvergleichliche Reiz einer Turteltaube die ganz allein in einem sehr
kalten Hause sitzt
Das tote Gewicht einer Pendeluhr und seine verlorenen Augenblicke
Die schlafwandlerische Sonne die schlagartig inmitten der Nacht die
schlummernde und plötzlich geblendete Schönheit aufweckt ihr
den Kaminmantel über die Schultern wirft und sie mit sich
nimmt in das Dunkel des Rauches der sich mit Kremserweiß
getarnt und in Klebepapier gekleidet hat
Und noch so viele andere Dinge
Eine Gitarre aus grünem Holz darin die junge Kunst wie in einer Wiege
ruht
Ein Eisenbahnbillet mit seinem ganzen Koffergut

Surgissant à l'improviste d'un casier à bouteilles ou d'un casier à musique comme une panoplie de plantes vertes vivaces et phalliques
Surgissant elle aussi à l'improviste du tronc pourrissant
D'un palmier académique nostalgique et désespérément vieux beau comme l'antique
Et les cloches à melon du matin brisées par le cri d'un journal du soir
Les terrifiantes pinces d'un crabe émergeant des dessous d'un panier
La dernière fleur d'un arbre avec les deux gouttes d'eau du condamné
Et la mariée trop belle seule et abandonnée sur le divan cramoisi de la jalousie par la blême frayeur de ses premiers maris
Et puis dans un jardin d'hiver sur le dossier d'un trône une chatte en émoi et la moustache de sa queue sous les narines d'un roi
La chaux vive d'un regard dans le visage de pierre d'une vieille femme assise près d'un panier d'osier
Et crispées sur le minium tout frais du garde-fou d'un phare tout blanc les deux mains bleues de froid d'un Arlequin errant qui regarde la mer et ses grands chevaux dormant dans le soleil couchant et puis qui se réveillent les naseaux écumants les yeux phosphorescents affolés par la lueur du phare et ses épouvantables feux tournants
Et l'alouette toute rôtie dans la bouche d'un mendiant
Une jeune infirme folle dans un jardin public qui souriant d'un sourire déchiré mécanique en berçant dans ses bras un enfant léthargique trace dans la poussière de son pied sale et nu la silhouette du père et ses profils perdus et présente aux passants son nouveau-né en loques Regardez donc mon beau regardez donc ma belle ma merveille des merveilles mon enfant naturel d'un côté c'est un garçon et de l'autre c'est une fille tous les matins il pleure mais tous les soirs je la console et je les remonte comme une pendule
Et aussi le gardien du square fasciné par le crépuscule
La vie d'une araignée suspendue à un fil
L'insomnie d'une poupée au balancier cassé et ses grands yeux de verre ouverts à tout jamais
La mort d'un cheval blanc la jeunesse d'un moineau
La porte d'une école rue du Pont-de-Lodi
Et les Grands Augustins empalés sur la grille d'une maison dans une petite rue dont ils portent le nom
Tous les pêcheurs d'Antibes autour d'un seul poisson
La violence d'un œuf la détresse d'un soldat
La présence obsédante d'une clef cachée sous un paillasson
Et la ligne de mire et la ligne de mort dans la main autoritaire et potelée d'un simulacre d'homme obèse et délirant camouflant soigneusement derrière les bannières exemplaires et les crucifix gammés drapés et dressés spectaculairement sur le grand balcon mortuaire du musée des horreurs et des honneurs de la guerre la ridicule statue vivante de ses petites jambes courtes et de son buste long mais ne parvenant

Die Hand die ein Gesicht entwurzelt und einer Landschaft ein Gesicht verleiht
Das kosende Eichhörnchen eines Mädchens das nackt ist und neu
Heiter glücklich und ohne Scheu
Das unerwartet aus einem Schirmständer oder einem Notenständer aufsteigt wie etwa eine Gruppe strotzender phallischer Pflanzen sich verzweigt
Auch sie unvermutet aufsteigend aus dem modrigen Stamm
Einer akademischen Palme die Heimweh hat und entsetzlich alt ist und schön wie eine antike Stadt
Und die Glasglocken des Morgens zersprungen im schreienden Abendblatt
Die schrecklichen Scheren der Krebse die gegen einen Korb klopfen
Die letzte Blüte eines Baums mit den beiden Wassertropfen
Und die allzu schöne Frau einsam und von der fahlen Furcht ihrer ersten Männer zurückgelassen auf dem roten Sofa der Eifersucht
Und dann in einem winterlichen Garten auf der Lehne eines Thrones eine aufgeregte Katze und der Schnurrbart ihres Schwanzes unter den Nasenlöchern eines Königssohnes
Der ungelöschte Kalk eines Blickes im steinernen Gesicht einer alten Frau die einen Weidenkorb flicht
Und auf dem ganz frischen Mennig des Geländers eines ganz weißen Leuchtturms verkrampft die beiden kälteblauen Hände eines wandernden Harlekins der das Meer und seine großen Pferde betrachtet die in der untergehenden Sonne schlummern und später erwachen mit schäumenden Nüstern die glitzernden Augen vernarrt in den Schimmer des Leuchtturms und seinen schrecklichen Strahlenbund
Und die gebratene Lerche in eines Bettlers Mund
Eine junge Geisteskranke in einem öffentlichen Park die ein zerrissenes Lächeln lächelt und in ihren Armen ein dahindämmerndes Kind wiegt und mit ihrem schmutzigen und nackten Fuß in den Sand die Silhouette des Vaters und sein verlorenes Profil zeichnet und den Passanten ihr zerlumptes Neugeborenes zeigt schauen Sie doch meinen Schönen an schauen Sie meine Schöne an mein größtes Wunder mein uneheliches Kind von der einen Seite ist's ein Junge von der anderen ein Mädchen morgens weint er abends beruhige ich sie und ziehe beide auf wie eine Uhr
Und der Parkwächter den die Dämmerung bedrängt
Das Leben einer Spinne die an einem Faden hängt
Die Schlaflosigkeit einer zerbrochenen Puppe deren große Glasaugen sich nie wieder schließen
Der Tod eines weißen Pferdes die Kindheit eines Sperlings
Die Tür einer Schule in der Straße Pont-du-Lodi

pas malgré son bon sourire de Caudillo grandiose et magnanime à cacher les irrémédiables et pitoyables signes de la peur de l'ennui de la haine et de la connerie gravés sur son masque de viande fauve et blême comme les graffiti obscènes de la mégalomanie gravés par les lamentables tortionnaires de l'ordre nouveau dans les urinoirs de la nuit
Et derrière lui dans le charnier d'une valise diplomatique entr'ouverte le cadavre tout simple d'un paysan pauvre assailli dans son champ à coups de lingots d'or par d'impeccables hommes d'argent
Et tout à côté sur une table une grenade ouverte avec toute une ville dedans
Et toute la douleur de cette ville rasée et saignée à blanc
Et toute la garde civile caracolant tout autour d'une civière
Où rêve encore un gitan mort
Et toute la colère d'un peuple amoureux travailleur insouciant et charmant qui soudain éclate brusquement comme le cri rouge d'un coq égorgé publiquement
Et le spectre solaire des hommes aux bas salaires qui surgit tout sanglant des sanglantes entrailles d'une maison ouvrière tenant à bout de bras la pauvre lueur de la misère la lampe sanglante de Guernica et découvre au grand jour de sa lumière crue et vraie les épouvantables fausses teintes d'un monde décoloré usé jusqu'à la corde vidé jusqu'à la moelle
D'un monde mort sur pied
D'un monde condamné
Et déjà oublié
Noyé carbonisé aux mille feux de l'eau courante du ruisseau populaire
Où le sang populaire court inlassablement
Intarissablement
Dans les artères et dans les veines de la terre et dans les artères et dans les veines de ses véritables enfants
Et le visage de n'importe lequel de ses enfants dessiné simplement sur une feuille de papier blanc
Le visage d'André Breton le visage de Paul Éluard
Le visage d'un charretier aperçu dans la rue
La lueur du clin d'œil d'un marchand de mouron
Le sourire épanoui d'un sculpteur de marrons
Et sculpté dans le plâtre un mouton de plâtre frisé bêlant de vérité dans la main d'un berger de plâtre debout près d'un fer à repasser
A côté d'une boîte à cigares vide
A côté d'un crayon oublié
A côté des Métamorphoses d'Ovide
A côté d'un lacet de soulier
A côté d'un fauteuil aux jambes coupées par la fatigue des années
A côté d'un bouton de porte

Und die Grands Augustins aufgespießt auf dem Gitter eines Hauses in einer kleinen Straße von der sie ihren Namen haben
Alle Fischer von Antibes um einen einzigen Fisch geschart
Die Gewalt eines Eies die Trauer eines Soldaten
Die quälende Gegenwart eines Schlüssels der unter einer Strohmatte versteckt liegt
Und die Visierlinie und die Todeslinie in der autoritären und fleischigen Hand eines fetten irre redenden Trugmenschen der hinter Bannern und Hakenkruzifixen die theatralisch angebracht sind auf dem großen Todesbalkon des Museums für Schrecken und Kriegsrecken sorgfältig verbirgt das lächerliche lebende Denkmal seiner kurzen Beine und seines langen Rumpfes dem es trotz seinem grandiosen und hochherzigen Caudillo-Lächeln nicht gelingt die unheilbaren und erbärmlichen Zeichen der Angst vor dem Überdruß dem Haß und der Gemeinheit zu verbergen die eingegraben sind in seine Maske aus bösem und fahlem Fleisch wie obszöne Ritzzeichnungen des Größenwahns den die kläglichen Folterknechte der neuen Ordnung in die Pißbuden der Nacht eingraviert haben
Und hinter ihm in der Leichenkammer eines halboffenen Diplomatenkoffers die schlichte Leiche eines armen Bauern den makellose Geldleute auf seinem Acker mit Goldbarren zu Tode schlugen
Und dicht daneben auf einem Tisch ein offener Granatapfel aus dem die Türme einer ganzen Stadt hervorlugen
Und der ganze Schmerz dieser Stadt die ausgeblutet ist und zerstört in allen Fugen
Und die ganze Bürgerwehr die eine Tragbahre umsäumt
Auf der ein toter Zigeuner träumt
Und der ganze Haß eines verliebten arbeitsamen sorglosen und reizenden Volkes der plötzlich ausbricht wie der rote Schrei eines Hahns den man öffentlich absticht
Und das Sonnenspektrum der Menschen mit den niedrigen Löhnen das blutig aufsteigt aus dem blutigen Eingeweide eines Arbeiterhauses im ausgereckten Arm den dürftigen Glanz der Armut die blutige Lampe von Guernica und das am hellichten Tage seines nackten und wahren Lichts die schrecklich unechte Tünche entdeckt hinter der sich eine entfärbte fadenscheinige ausgepumpte Welt versteckt
Eine Welt die gestorben ist
Eine Welt die verurteilt ist
Und die man bereits vergißt
Ersäuft verkohlt in den tausend Feuern des fließenden Wassers das durch des Volkes Gosse läuft
Wo des Volkes Blut unablässig und endlos strömt
In den Arterien und in den Venen der Erde und in den Arterien und

A côté d'une nature morte où les rêves enfantins d'une femme de ménage agonisent sur la pierre froide d'un évier comme des poissons suffoquant et crevant sur des galets brûlants
Et la maison remuée de fond en comble par les pauvres cris de poisson mort de la femme de ménage désespérée tout à coup qui fait naufrage soulevée par les lames de fond du parquet et va s'échouer lamentablement sur les bords de la Seine dans les jardins du Vert-Galant
Et là désemparée elle s'assoit sur un banc
Et elle fait ses comptes
Et elle ne se voit pas blanche pourrie par les souvenirs et fauchée comme les blés
Une seule pièce lui reste une chambre à coucher
Et comme elle va la jouer à pile ou face avec le vain espoir de gagner un peu de temps
Un grand orage éclate dans la glace à trois faces
Avec toutes les flammes de la joie de vivre
Tous les éclairs de la chaleur animale
Toutes les lueurs de la bonne humeur
Et donnant le coup de grâce à la maison désorientée
Incendie les rideaux de la chambre à coucher
Et roulant en boule de feu les draps au pied du lit
Découvre en souriant devant le monde entier
Le puzzle de l'amour avec tous ses morceaux
Tous ses morceaux choisis choisis par Picasso
Un amant sa maîtresse et ses jambes à son cou
Et les yeux sur les fesses les mains un peu partout
Les pieds levés au ciel et les seins sens dessus dessous
Les deux corps enlacés échangés caressés
L'amour décapité délivré et ravi
La tête abandonnée roulant sur le tapis
Les idées délaissées oubliées oubliées égarées
Mises hors d'état de nuire par la joie et le plaisir
Les idées en colère bafouées par l'amour en couleur
Les idées terrées et atterrées comme les pauvres rats de la mort sentant venir le bouleversant naufrage de l'Amour
Les idées remises à leur place à la porte de la chambre à côté du pain à côté des souliers
Les idées calcinées escamotées volatilisées désidéalisées
Les idées pétrifiées devant la merveilleuse indifférence d'un monde passionné
D'un monde retrouvé
D'un monde indiscutable et inexpliqué
D'un monde sans savoir-vivre mais plein de joie de vivre
D'un monde sobre et ivre
D'un monde triste et gai

in den Venen seiner wahren Kinder
Und das Gesicht irgendeines dieser Kinder einfach hingezeichnet auf ein Stück weißes Papier
Das Gesicht von André Breton das Gesicht von Paul Eluard
Das Gesicht eines Fuhrmannes auf irgendeinem Boulevard
Der Glanz im Auge eines Geranienbesitzers
Das freudige Lächeln eines Kastanienschnitzers
Und die Gipsfigur eines gelockten wahrheitblökenden Gipsschafes in der Hand eines Gipsschäfers der neben einem Bügeleisen steht oder stand
Neben leeren Zigarettendosen
Neben einem Tassenhenkel
Neben Ovids Metamorphosen
Neben einem Schnürsenkel
Neben einem Sessel dem der Zahn der Zeit die Beine abgebissen
Neben einer Türklinke die jemand abgerissen
Neben einem Stilleben darauf die Kindheitsträume einer Putzfrau im kalten Schlunde eines Ausgußloches dahinsterben wie Fische auf glutheißen Steinen ersticken und verderben
Und das Haus völlig aufgewühlt durch die jämmerlichen Fischschreie der plötzlich verzweifelten Putzfrau die Schiffbruch erleidet emporgespült emporgebrandet von den Grundwellen des Fußbodens und kläglich strandet am Ufer der Seine
Und sich geschlagen niedersetzt auf eine Bank
Und abrechnet
Und findet daß sie angefressen ist von Erinnerungen und blank wie ein abgemähtes Feld
Ein einziges Zimmer bleibt ihr ein Schlafzimmer
Und als sie dieses auswürfelt in der vergeblichen Hoffnung Zeit zu gewinnen
Bricht in dem dreiteiligen Spiegel ein großes Gewitter los
Mit allen Flammen der Lebenslust
Mit allen Blitzen der tierischen Wärme
Allen Lichtern der guten Laune
Es gibt dem verwirrten Haus den Gnadenstoß
Es steckt die Vorhänge des Schlafzimmers in Brand
Es rollt den Bettvorleger zum Feuerkloß
Und entdeckt lächelnd vor der ganzen Welt
Das Puzzlespiel der Liebe mit all seinen Teilen
Mit all seinen Stücken die Picasso zusammengestellt
Ein Liebhaber seine Geliebte seine Beine am Hals festgekeilt
Und die Augen auf dem Gesäß die Hände überall ein wenig verteilt
Die Füße zum Himmel erhoben und die Brüste drunten droben
Die beiden Leiber verflochten vertauscht beglückt
Die Liebe enthauptet befreit und entzückt

Tendre et cruel
Réel et surréel
Terrifiant et marrant
Nocturne et diurne
Solite et insolite
Beau comme tout.

Ihr Kopf auf den Teppich gerollt
Die Gedanken verlassen vergessen verpönt
Unschädlich gemacht durch Lust und Vergnügen
Die zornigen Gedanken von der farbigen Liebe verhöhnt
Die Gedanken am Boden zerschmettert wie armselige Todesratten die den Schiffbruch der Liebe nahen fühlen
Die Gedanken wieder auf ihren Platz gestellt
Bei der Zimmertür neben den Schuhen neben dem Brot
Die Gedanken verkalkt fortgezaubert verflüchtigt entstellt
Die Gedanken versteinert vor der wunderbaren Gleichgültigkeit einer leidenschaftlichen Welt
Einer wiedergefundenen Welt
Einer Welt die unerklärt ist und ungewußt
Einer Welt ohne Manieren aber voller Lebenslust
Einer Welt die nüchtern ist und trunken
Einer Welt die traurig ist und froh
Zart und roh
Wirklich und überwirklich
Erschreckend und lustig
Bei Nacht und bei Tag
Brav und verwegen
Und unsagbar schön.

Éteignez les lumières

Deux hirondelles dans la lumière
au-dessus de la porte et debout dans leur nid
remuent à peine la tête
en écoutant la nuit
Et la nuit est toute blanche
Et la lune noire de monde
grouillante de sélénites
Un bonhomme de neige
affolé
frappe à la porte de cette lune
Éteignez les lumières
deux amants font l'amour
sur la place des Victoires
Éteignez les lumières
ou le monde va les voir
Je marchais au hasard
je suis tombé sur eux
elle a baissé sa jupe
il a fermé les yeux
mais ses deux yeux à elle
c'étaient deux pierres à feu

Deux hirondelles dans la lumière
au-dessus de leur porte et debout dans leur nid
remuent à peine la tête
en écoutant la nuit.

Löscht die Lichter aus

Zwei Schwalben im Licht
über der Tür und aufrecht im Nest
regen kaum den Kopf
und horchen in die Nacht
Und die Nacht ist ganz weiß
und der Mond schwarz von Menschen
er wimmelt von Bewohnern
Ein Schneebiedermann
klopft
betört an die Tür dieses Mondes
Löscht die Lichter aus
zwei Liebende geben sich der Liebe hin
auf dem Siegesplatz
Löscht die Lichter aus
daß niemand sie sieht
Ich ging so vor mich hin
und stieß auf das Paar
sie zog den Rock über die Beine
er machte die Augen zu
doch ihre beiden Augen
waren zwei glühende Steine

Zwei Schwalben im Licht
über der Tür und aufrecht im Nest
regen kaum den Kopf
und horchen in die Nacht.

Limehouse

C'était l'été
à Limehouse
la nuit
et je me voyais double dans la glace de l'armoire à glass
c'est comme ça qu'ils appellent le frigidaire
en Angleterre
Et nous sommes sortis tous les deux
et toi qui n'étais pas là
tu étais tout de même au milieu
et une foule d'autres
étaient avec nous
des morts charmants et des vivants absents
C'était beau
Des petites filles dansaient au bord du fleuve
Pourpre et dorée
une pomme cuite glacée posée sur une table
sous un porche
éclairait toute une rue
Et il y avait des Chinois qui buvaient du thé
et moi j'en ai bu avec eux
Des forains sont arrivés
Nous avons bu de la bière ensemble
Leur singe m'a mordu la main
Les forains se sont excusés en souriant
Il y avait une fille très belle
habillée comme une reine de dans le temps
C'était beau
Les forains ont fait marcher la musique
La Tamise ressemblait au Rhône
Il y avait un remorqueur avec des chauffeurs de la Drôme
et puis Jacques l'Éventreur
avec
dans son regard idiot
la soie rouge d'un couteau
Et la Tamise ressemblait de plus en plus au Rhône
Et c'était de plus en plus beau.

Limehouse

Sommer war's
in Limehouse
nachts
und ich sah mich im Spiegel der Eisschranks doppelt
Und wir sind zusammen ausgegangen
und obwohl du nicht dabei warst
warst du mitten drin
und viele viele andre
waren mit uns
nette Tote und zerstreute Zeitgenossen
Es war schön
Kleine Mädchen tanzten am Ufer des Flusses
Ein Apfel der auf einem Tische lag
purpurn und golden
unter einem Vordach
erleuchtete die ganze Straße
Chinesen gab's die tranken Tee
und ich hab mitgetrunken
Gaukler kamen an
Wir tranken Bier zusammen
Ihr Affe biß mich in die Hand
Die Gaukler baten lächelnd um Vergebung
Da war ein sehr sehr schönes Mädchen
wie eine Königin aus alter Zeit gekleidet
Es war schön
Die Gaukler ließen das Orchestrion ertönen
Die Themse ähnelte der Rhone
Da war ein Schlepper und die Maschinisten sahn wie Franzosen aus
und Jack the Ripper
in seinem Idiotenblick
die rote Schneide eines Messers
Und die Themse glich immer mehr der Rhone
Und es wurde immer schöner.

Le balayeur
(Un ballet)

Au bord d'un fleuve
le balayeur balaye
il s'ennuie un peu
il regarde le soleil
il est amoureux
Un couple enlacé passe
il le suit des yeux
Le couple disparaît
il s'assoit sur une grosse pierre
Mais soudain la musique
l'air du temps
qui était doux et charmant
devient grinçant
et menaçant

Apparaît alors
l'Ange gardien du balayeur
qui d'un très simple geste
lui fait honte de sa paresse
et lui conseille de reprendre le labeur

L'Ange gardien plante l'index vers le ciel
et disparaît
Le balayeur reprend son balai

Une jolie femme arrive
et s'accoude au parapet
regarde le fleuve
Elle est de dos
et très belle ainsi

Le Balayeur sans faire de bruit
s'accoude à côté d'elle
et d'une main timide et chaleureuse
la caresse
ou plutôt fait seulement semblant
mimant le geste de l'homme qui tout à l'heure caressait son amie
en marchant

La femme s'en va sans le voir
Il reste seul avec son balai

Der Straßenkehrer

(Ein Ballett)

Am Ufer eines Flusses
kehrt der Straßenkehrer
er langweilt sich ein bißchen
er betrachtet die Sonne
er ist verliebt
Ein Paar geht Arm in Arm vorbei
er folgt ihm mit den Augen
Das Paar verschwindet
er setzt sich auf einen dicken Stein
Doch plötzlich wird die Musik
das Lied der Zeit
das süß war und entzückend
knarrig
und bedrückend

Und es erscheint
der Schutzengel des Straßenkehrers
und sagt mit einfacher Gebärde
er möge seiner Faulheit sich was schämen
und rät ihm
die Arbeit wieder aufzunehmen

Der Schutzengel sticht seinen Zeigefinger in die blaue Himmelswand
und verschwindet
der Straßenkehrer nimmt den Besen wieder in die Hand

Eine junge Frau kommt an
und stützt sich mit dem Ellenbogen auf die Brüstung
betrachtet den Fluß
Sie ist von hinten nur zu sehn
und so sehr schön

Der Straßenkehrer gleitet sacht
an ihre Seite und stützt sich gleichfalls auf
und mit schüchterner und heißer Hand
streichelt er sie
oder tut zumindest so
er ahmt den Mann nach der soeben
die Freundin streichelte so im Vorüberschweben

Die Frau geht fort sie hat ihn nicht bemerkt

et soudain constate
que l'Ange est revenu
et l'a vu
et le blâme
d'un regard douloureux
et d'un geste de plus en plus affectueux
et de plus en plus menaçant

Le balayeur reprend son balai
et balaye
L'Ange gardien disparaît

Une autre femme passe
Il s'arrête de balayer
et d'un geste qui en dit long
lui parle de la pluie
et du beau temps
et de sa beauté à elle
tout particulièrement

L'Ange apparaît
La femme s'enfuit épouvantée

L'Ange une nouvelle fois
fait comprendre au balayeur
qu'il est là pour balayer
puis disparaît

Le balayeur reprend son balai

Soudain des cris
des plaintes
venant du fleuve
Sans aucun doute
les plaintes de quelqu'un qui se noie
Le balayeur abandonne son balai
Mais soudain hausse les épaules
et
indifférent aux cris venant du fleuve
continue de balayer

L'Ange gardien apparaît

Et le balayeur balaye
comme il n'a jamais balayé

Er bleibt mit seinem Besen ganz allein
und sieht plötzlich
den Engel wieder stehen:
er hat alles gesehen
und tadelt ihn
mit einem Blicke voller Leid
mit einer Geste voller Zärtlichkeit
die immer zärtlicher wird
und immer drohender

Der Straßenkehrer nimmt den Besen wieder in die Hand
und kehrt
indes der Engel wieder in den Himmel fährt

Eine andere Frau geht nun vorüber
Er läßt das Kehren sein
und spricht zu ihr mit sprechender Gebärde
vom Regen
vom schönen Wetter
und sagt ihr insbesondere und nebenbei
wie schön sie sei

Der Engel erscheint
Die Frau flieht erschreckt

Der Engel verkündet
dem Straßenkehrer abermals
daß er zum Kehren da ist
und verschwindet

Der Straßenkehrer nimmt den Besen wieder in die Hand

Plötzlich Schreie
Klageschreie
vom Fluß her
ganz zweifellos
Klageschreie eines Menschen
der ertrinkt
Der Straßenkehrer läßt seinen Besen stehn
Aber plötzlich zuckt er die Schultern
und schon hat er
trotz der Schreie die vom Flusse kommen
den Besen wieder in die Hand genommen

Der Schutzengel erscheint

Travail exemplaire et soigné

Mais l'Ange toujours l'index au ciel
remue des ailes courroucées
et fait comprendre au balayeur
que c'est très beau bien sûr
de balayer
mais que tout de même
il y a quelqu'un
qui est peut-être en train de se noyer
Et il insiste
le balayeur faisant la sourde oreille

Finalement
le balayeur enlève sa veste
puisqu'il ne peut faire autrement
Et comme c'est un très bon nageur
grimpe sur le parapet
et exécute un merveilleux «saut de l'ange»
et disparaît
Et l'ange
littéralement «aux anges»
louange le Seigneur

La musique est une musique
indéniablement céleste

Soudain
le balayeur revient
tenant dans ses bras
l'être qu'il a sauvé

C'est une fille très belle
et dévêtue

L'Ange la toise d'un mauvais œil

Le balayeur
la couche sur un banc
avec une infinie délicatesse
et la soigne
la ranime
la caresse

L'Ange intervient

Und der Straßenkehrer kehrt
kehrt wie er noch nie gekehrt
beispielhaft und sehr genau

Doch der Engel bohrt abermals den Zeigefinger in das Himmelsblau
regt erzürnt die Flügel
und macht dem Straßenkehrer klar
daß sein Kehren
sicherlich verdienstvoll ist
daß aber dennoch
ein Mensch kurz vor dem Ertrinken ist
Und er besteht darauf
doch der Straßenkehrer hört nicht hin

Endlich aber
zieht der Straßenkehrer seine Joppe aus
weil er nicht anders kann
Und da er ein guter Schwimmer ist
klettert er auf die Brüstung
und vollführt einen wunderbaren Himmelssprung
und verschwindet
Und der Engel
seinerseits im siebten Himmel
lobt den Herrn

Die Musik ist nunmehr niemand kann es leugnen
Himmelsmusik

Plötzlich
ist der Straßenkehrer wieder da
im Arm das Wesen
das er gerettet hat
Es ist eine sehr schöne Frau
eine entkleidete

Der Engel betrachtet sie mit bösem Blick
Der Straßenkehrer
legt sie sehr zart mit einem «Gottseidank»
auf eine Bank
und pflegt sie
belebt sie
streichelt sie

Der Engel greift ein
und rät dem Straßenkehrer

et donne au balayeur
le conseil de rejeter dans le fleuve
cette «diablesse»
La «diablesse» qui reprend goût à la vie
grâce aux caresses du balayeur
se lève
et sourit

Le balayeur sourit aussi

Ils dansent tous deux

L'Ange les menace des foudres du ciel

Ils éclatent de rire
s'embrassent
et s'en vont en dansant

L'Ange gardien essuie une larme
ramasse le balai
et balaye ... balaye ... balaye ... balaye ...
in-exo-ra-ble-ment.

die «Teufelin»
wieder in den Fluß zu werfen

Die «Teufelin» die dank der Zärtlichkeit des Straßenkehrers
am Leben wieder Lust gewinnt
belebt sich
erhebt sich
und lächelt

Der Straßenkehrer lächelt auch

Sie tanzen zusammen

Der Engel bedroht sie mit Blitzen des Himmels

Sie brechen in Gelächter aus
sie liegen sich in den Armen
und ziehn tanzend davon

Der Schutzengel wischt eine Träne fort
ergreift den Besen
und kehrt . . . kehrt . . . kehrt . . . kehrt
oh - ne Er - bar - men.

Le fils du grand réseau

Je suis né un soir où on ne m'attendait pas
Ce soir-là mon père allait en soirée
avec son huit reflets
Quand il me vit il se mit en colère

Je ne l'ai pas fait exprès
dit ma mère

Mais mon père ne voulut rien entendre
il fit de grands gestes avec les bras
et il s'en alla
avec son chapeau haut de forme
sur sa locomotive haut-le-pied
il s'en alla dans le pays où on l'avait prié d'aller
Quand il fut arrivé il s'assit
avec son haut de forme et un verre d'eau glacée sur la table devant lui
et une carafe
et il parla
Haut les cœurs
Haut les cœurs mes amis
qu'il dit
et beaucoup d'autres choses aussi
et tout le monde qui était là à ce qu'il paraît l'applaudit
Un peu plus tard il revint au pays
en passant par d'autres pays
et dans tous les pays où il passait
il parlait
avec son verre d'eau de forme et son chapeau glacé
et il disait
Haut les cœurs
Haut les mains
passons la monnaie...
Et tous ceux qui ne voulaient pas passer la monnaie mon père les écrasait avec sa grande locomotive haut-le-pied
Ce n'était pas un homme comme les autres hommes mon père et quand il revint beaucoup plus tard à la maison
il était devenu encore de plus en plus extrêmement riche
et très sournois
et très vieux
Mais il avait toujours son huit reflets sur la tête
et même il couchait avec
et quand il se levait c'était pour repartir vers de nouvelles contrées

Der Sohn der Eisenbahngesellschaft

Geboren bin ich eines Abends als man mich nicht erwartete
Mein Vater wollte grade in Gesellschaft gehn
mit seinem Acht-Reflex-Zylinderhut
Als er mich sah ergriff ihn Zorn

Ich hab es nicht mit Vorbedacht getan ich wollte dich nicht stören
sprach meine Mutter

Mein Vater aber wollte von alledem nichts hören
er machte große Gesten mit den Armen
er fuhr davon
mit dem Zylinder
in seinem Sonderzug
er fuhr dorthin wohin zu kommen man ihn eingeladen hatte
Dort angekommen nahm er Platz und setzte sich
mit dem Zylinder ein Glas Wasser vor sich auf dem Tisch
und sprach
Hoch die Herzen
Hoch die Herzen meine Freunde
sprach er
und noch vieles andre
und alle applaudierten ihm
Ein wenig später fuhr er wieder fort
von Ort zu Ort
und sprach in einem fort
an jedem Ort den er besuchte
mit dem Zylinder ein Glas mit Wasser auf dem Tisch
und er sagte
Hoch die Herzen
Hoch die Hände
gebet Geld ...
Und er zermalmte alle die nichts geben wollten mit seiner großen
Eisenbahn
Mein Vater war kein Mann wie alle anderen Männer und als er
späterhin nach Hause kam
war er inzwischen immer mehr entsetzlich reich geworden
und sehr verschlagen
und sehr alt
Doch trug er immer seinen Acht-Reflexler auf dem Kopf
und schlief sogar mit ihm
und wenn er aufstand fuhr er wieder fort
zu einem neuen Ort in einer neuen Gegend

Partout où il passait les cheminées d'usine poussaient et tout le monde était couvert de poussière et de poussier...
Tout le monde toussait
Ce n'était pas un homme comme les autres mon père
Les uns disaient de lui qu'il était directeur d'une grande compagnie de chemins de fer
et d'autres simplement ajoutaient qu'il régentait l'empire des Mines et le royaume des Charbonniers
D'autres ne disaient rien mais quand il passait ils remassaient des pierres
et les gardaient dans leur main
mais ils n'osaient pas les lancer
tellement ils étaient fatigués
fatigués par la poussière par le poussier
Et mon père sifflait dans son petit sifflet
et tous s'en allaient sur les rails de chemin de fer
et ils déposaient leurs pierres
et quand ils avaient déposé leurs pierres
ils allaient chercher d'autres pierres
et ils les déposaient sur la voie du chemin de fer
et la voie s'allongeait
et mon père leur payait un petit salaire
et ils restaient là
leur petit salaire dans les mains
fatigués par la poussière la misère le poussier...
Moi je me suis fait moi-même disait mon père et il souriait
Joli travail disait ma mère
et elle pleurait
Moi je ne disais rien je n'avais que cinq ans
je n'ai commencé à parler qu'à dix ans seulement

Et les jours passaient
Et puis d'un seul coup tout à coup
arriva la mauvaise saison
les mauvaises affaires
mon père vendit tous ses chemins de fer
et perdit la raison
et les huissiers emmenèrent toute la maison
avec le seau à charbon
Nous partîmes habiter un quartier éloigné
dans une maison meublée avec des insectes sur le mur qui grimpaient
Mais tous les jours les jours et les jours que le bon Dieu faisait
mon père se regardait dans la glace
avec son huit reflets sur sa tête
Et il comptait les reflets

wo immer er vorbeikam wuchsen die Schlote der Fabriken und alle
Menschen waren dicht bedeckt mit Staub mit Kohlenstaub
Und alle husteten
Mein Vater war kein Mann wie alle andren Männer
Die einen hielten ihn für den Direktor einer großen Eisenbahngesellschaft
die anderen meinten er regiere das Kaiserreich des Bergwerks und das
Königreich der Kohlengruben
Und wieder andre sagten nichts doch wenn er kam so griffen sie nach
Steinen
und hielten sie in ihrer Hand
und wagten nicht zu werfen
so müde waren sie
vom Staub vom Kohlenstaub
Mein Vater aber pfiff mit seiner kleinen Pfeife
und alle gingen wieder an den Schienenstrang zurück
und legten ihre Steine nieder
und wenn die Steine wieder lagen
gingen sie andre Steine holen
und legten sie am Schienenstrange nieder
so wuchs die Strecke wieder
mein Vater zahlte ihnen einen kleinen Lohn
und sie blieben
den kleinen Lohn in ihrer Hand
vom Staub ermattet und vom Kohlenstaub . . .

Ich hab mich selbst emporgebracht so sprach mein Vater lächelnd
Sehr schöne Arbeit meinte
meine Mutter
und sie weinte
Ich sagte nichts ich war ja erst fünf Jahre alt
und hab mit zehnen erst gelernt zu sprechen

So ging die Zeit dahin
Dann aber kam mit einem Schlag
der große Schlag
der Unglückstag der große Krach
mein Vater mußte ach
die ganze Eisenbahn verkaufen
und kam um den Verstand
und die Gerichtsvollzieher trugen alles fort
im Kohleneimer
Wir zogen in ein anderes entferntes Viertel um
in ein möbliertes Haus mit Wanzen an der Wand die kletterten
Und alle Tage alle Tage alle Tage die der liebe Gott erschuf
besah mein Vater sich im Spiegel

mais il était si fatigué
qu'il n'avait que la faible force de ne compter que jusqu'à sept
alors il hurlait indigné
Il en manque un on m'a volé
Et il s'enfermait dans le buffet
sur lequel il avait écrit en travers et à la craie
Train spécial Compartiment réservé
et il restait là pendant des jours et saluait
Ma mère restait assise sur une chaise et pleurait
Elle est dans la salle d'attente
disait mon père ... et il souriait
Un beau jour il voulut descendre du buffet en marche
mais il descendit à contre voie
et fut écrasé par l'armoire à glace
C'est l'armoire de 21 h. 30
dit mon père
et c'est ma dernière heure en même temps
Funeste erreur d'aiguillage dit ma mère en pleurant
Toujours le bonnes excuses moi je conclus au sabotage ab-so-lument
rectifia mon père en mourant
après avoir refusé de serrer la main au mécanicien
En sa qualité de président.

mit seinem Acht-Reflexler auf dem Kopf
und zählte die Reflexe
doch er war so sehr müde
daß er mit seinen schwachen Kräften nie weiter als bis sieben kam
dann heulte er empört
Einer fehlt man hat ihn mir gestohlen
Und er schloß sich ins Büffet
auf das er quer mit Kreidestift geschrieben hatte
Sonderzug Reserviertes Abteil
und blieb dort tagelang und grüßte
Meine Mutter saß auf einem Stuhl und weinte
Sie sitzt im Wartesaal
meinte mein Vater ... und lächelte sehr listig
Es kam ein Tag da wollte er in voller Fahrt
aus dem Büffet aussteigen
Doch stieg er in der falschen Richtung aus
und wurde von dem Spiegelschrank zermalmt
Es war der Spiegelschrank von 9.45
sprach mein Vater
und meine letzte Stunde ist es auch
Ein Irrtum in der Weichenstellung sprach meine Mutter unter Tränen
Ausreden sind's man nennt
das einfach Sabotage
berichtigte der Sterbende und starb
nachdem er sich in seiner Eigenschaft als Präsident
geweigert hatte
dem Maschinist die Hand zu geben.

En mémoire

Écoutant une musique neuve
et jamais entendue
une pauvre romance
un air de chien battu
chanté par une femme saoule
au beau milieu d'une rue
l'amnésique se souvient d'une veuve
que jamais il ne connut
Et puis il ajoute en rêve
des couplets à la complainte
Et celui où le mari meurt
le fait sourire
et le rassure
Et tout en chantant il s'en va
à la recherche de cette femme-là
Et il marche tout droit
sans demander son chemin à personne
Et le voilà qui entre sans frapper
dans une maison aux volets fermés
et cette maison est un Palais
Alors il est un Prince
celui que l'on attend
Et il gravit les marches de l'escalier
fastueusement
sans les compter
Puis il pousse une grande porte
Une femme est là
souriante et nue
devant la toile cirée toute neuve
où reposent les morceaux du mari découpés par sa veuve
Elle sourit en voyant l'amnésique
C'est pour toi que j'ai fait cela
embrasse-moi
embrasse-moi François
Et elle se jette dans ses bras
et François qui s'appelle Paul
ne trouve rien à redire à cela
Il est tout simplement heureux
et comme il va coucher la femme sur le divan
pour lui faire l'amour
elle se dégage et lui dit
désignant les vestiges du mari

Zum Gedächtnis

Beim Anhören
eines neuen Liedes
einer armseligen Romanze
die wimmerte
wie ein Hund mit eingezogenem Schwanze
gesungen von einer betrunkenen Frau
mitten auf der Straße
entsann sich der Mann ohne Gedächtnis
plötzlich ganz genau
einer Witwe die er nie gekannt
Träumerisch fügt er dem Jammergesang
einige Strophen hinzu
Und die Strophe wo der Gatte stirbt
macht ihn heiter
und beruhigt ihn
Singend zieht er die Straße entlang
um jene Frau zu finden
Und geht immer geradeaus
ohne jemand nach dem Weg zu fragen
Und betritt dann ohne anzuklopfen
ein Haus
mit herabgelassenen Fensterläden
und dies Haus ist ein Palast
Also ist er ein Prinz
und wird erwartet als Ehrengast
Und er ersteigt die breiten Treppenstufen
Majestätisch ohne Hast
ohne sie zu zählen
Dann stößt er eine große Tür auf
Dort findet er eine Frau
lächelnd und nackt
vor einem ganz neuen Wachstuch
auf dem die Stücke ihres Gatten liegen den sie zerstückelt hat
sie lächelt als sie den Mann erblickt
Für dich hab ich's getan
küß mich
küß mich Franz
und stürzt sich in seine Arme
und Franz der Paul heißt
hat nichts dagegen einzuwenden
Er ist ganz einfach glücklich
und als er die Witwe auf den Diwan legen will

Hélas
le dernier des morceaux n'est pas encore coupé en morceaux et chaque morceau de morceau est toujours un morceau entier
oh je crois que je m'en sortirai jamais
C'est un puzzle
dit l'amnésique
tu avais un mari modèle
il ne faut pas te désoler
je peux te le reconstituer
Et patiemment
morceau par morceau
l'amnésique remet les choses en place
les artères et le cœur
la couleur du regard
les mains et leur chaleur
le teint et sa pâleur
Et le mari reprend goût à la vie
et il fait à sa femme
une scène de jalousie
Mauvaise musique
dit l'amnésique
et il s'en va
comme il est arrivé
A l'improviste.

um mit ihr zu schlafen
macht sie sich von ihm frei
Und weist auf die Überbleibsel ihres Gatten
Ach
das letzte Stück es ist noch nicht zerstückelt und jedes Stück von einem Stück bleibt immer noch ein ganzes Stück
Ich glaub ich werde niemals damit fertig
Es ist ein Puzzle
sagt der Mann ohne Gedächtnis
du hattest einen Mustergatten
erspar dir deinen Schmerz
ich werd ihn dir zurückerstatten
Und geduldig
Stück um Stück
bringt er alles an die richtige Stelle
die Arterien und das Herz
die Augenfarbe
die Hände und ihre Wärme
die Haut und ihre Blässe
bis zur letzten Vene
er macht das alles sehr genau
Und der Gatte kehrt ins Leben zurück
und macht seiner Frau
eine Eifersuchtsszene
Welch übler Ton
sagt der Mann ohne Gedächtnis
und geht davon
wie er gekommen ist
ganz zufällig.

Sanguine

La fermeture éclair a glissé sur tes reins
et tout l'orage heureux de ton corps amoureux
au beau milieu de l'ombre
a éclaté soudain
Et ta robe en tombant sur le parquet ciré
n'a pas fait plus de bruit
qu'une écorce d'orange tombant sur un tapis
Mais sous nos pieds
ses petits boutons de nacre craquaient comme des pépins
Sanguine
joli fruit
la pointe de ton sein
a tracé une nouvelle ligne de chance
dans le creux de ma main
Sanguine
joli fruit

Soleil de nuit.

Blutorange

Der Reißverschluß ist über deine Hüften hingeglitten
das Glücksgewitter deines liebedurst'gen Leibes
mit seiner schönen Schattenmitte
ist plötzlich ausgebrochen
Und als dein Kleid auf das gebohnerte Parkett
herabfiel hat es nicht mehr Lärm gemacht
wie wenn ein Stück Orangenschale auf den Teppich fällt
Doch unter unsern Füßen krachten
die kleinen Knöpfe aus Perlmutt wie Kerne
Blutorange
schöne Frucht
die Spitze deiner Brust
hat eine neue Linie des Glücks
ins Innre meiner Hand gezogen
Blutorange
schöne Frucht

Sonne der Nacht.

Il a tourné autour de moi

Il a tourné autour de moi
pendant des mois des jours des heures
et il a posé la main sur mon sein
en m'appelant son petit cœur
Et il m'a arraché une promesse
comme on arrache une fleur à la terre
Et il a gardé cette promesse dans sa tête
comme on garde une fleur dans une serre
J'ai oublié ma promesse
et la fleur tout de suite a fané
Et les yeux lui sont sortis de la tête
il m'a regardée de travers
et il m'a injuriée
Un autre est venu qui ne m'a rien demandé
mais il m'a regardée tout entière
Déjà pour lui j'étais nue
de la tête aux pieds
et quand il m'a déshabillée
je me suis laissé faire
Et je ne savais pas qui c'était.

Er ist um mich herumgegangen

Er ist um mich herumgegangen
Monate lang Tage lang Stunden lang
er hat seine Hand auf meine Brust gelegt
und mich sein kleines Herz genannt
Er hat mir ein Versprechen entrissen
wie man eine Blume aus der Erde reißt
Und dies Versprechen hat er im Kopf bewahrt
wie man Blumen im Treibhaus hält
Mein Versprechen hab ich vergessen
und schon welkte die Blume dahin
Und die Augen sind ihm aus dem Kopf getreten
er hat mich durchbohrend angeschaut
und mich beschimpft
Und dann kam ein anderer der mir nichts abverlangte
Wie nackend bot ich mich ihm dar
von Kopf bis Fuß
Und als er mich ausgezogen hatte
ließ ich's geschehn
Und wußte nicht einmal wer er war.

Chanson de la Seine

La Seine a de la chance
Elle n'a pas de soucis
Elle se la coule douce
Le jour comme la nuit
Et elle sort de sa source
Tout doucement sans bruit
Et sans se faire de mousse
Sans sortir de son lit
Elle s'en va vers la mer
En passant par Paris

La Seine a de la chance
Elle n'a pas de soucis
Et quand elle se promène
Tout le long de ses quais
Avec sa belle robe verte
Et ses lumières dorées
Notre-Dame jalouse
Immobile et sévère
Du haut de toutes ses pierres
La regarde de travers
Mais la Seine s'en balance
Elle n'a pas de soucis
Elle se la coule douce
Le jour comme la nuit
Et s'en va vers Le Havre
Et s'en va vers la mer
En passant comme un rêve
Au milieu des mystères
Des misères de Paris.

Lied von der Seine

Die Seine die ist glücklich
Und Sorgen kennt sie kaum
Sie fließt dahin so sacht
Am Tag und in der Nacht
Sie steigt aus ihrer Quelle
Ganz sanft und ohne Laut
Und ohne Schaum zu schlagen
Sie bleibt in ihrem Bett
Sie läßt ans Meer sich tragen
Und kommt auch durch Paris

Die Seine die ist glücklich
Und Sorgen kennt sie kaum
Und wenn sie promeniert
Entlang an ihrem Saum
In ihrem grünen Kleid
Und ihrem Lichtgepränge
Schaut Nôtre-Dame die strenge
Ganz reglos und voll Neid
Aus allen ihren Steinen
Verächtlich auf sie nieder
Der Seine ist das gleich
Denn Sorgen kennt sie kaum
Sie fließt dahin so sacht
Am Tag und in der Nacht
Sie fließt bis nach Le Havre
Und fließt bis in das Meer
Sie zieht als wie im Traum
Durch alle die Mysterien
Durch alle die Miseren
Der großen Stadt Paris.

Les enfants qui s'aiment

Les enfants qui s'aiment s'embrassent debout
Contre les portes de la nuit
Et les passants qui passent les désignent du doigt
Mais les enfants qui s'aiment
Ne sont là pour personne
Et c'est seulement leur ombre
Qui tremble dans la nuit
Excitant la rage des passants
Leur rage leur mépris leurs rires et leur envie
Les enfants qui s'aiment ne sont là pour personne
Ils sont ailleurs bien plus loin que la nuit
Bien plus haut que le jour
Dans l'éblouissante clarté de leur premier amour.

Die Kinder die sich lieben

Die Kinder die sich lieben umarmen sich im Stehn
an den Türen der Nacht
Und die passierenden Passanten zeigen mit dem Finger auf sie hin
Aber die Kinder die sich lieben
Sind für niemanden da
Und es ist nur ihr Schatten
Der da zittert in der Nacht
Der den Zorn der Passanten entfacht
Ihren Zorn ihr Mißfallen ihr Lachen und ihren Neid
Die Kinder die sich lieben sind für niemanden da
Sie sind woanders sehr viel ferner als die Nacht
Und sehr viel höher als der Tag
Weitab vom ganzen Weltgetriebe
Im hellen Glanze ihrer ersten Liebe.

Los Olvidados

La dernière fois que j'ai vu Luis Bunuel
c'était à New-York en 1938 et en Amérique du Nord
Je l'ai vu avant-hier soir à Cannes
de très loin et de très près
Il n'a pas changé

Luis Bunuel n'est pas montreur d'ombres
d'ombres ensoutanées
d'ombres consolantes consolées
et confortablement martyrisées
Et comme il y a des années
le massacre des innocents le blesse et le révolte
lucidement
généreusement
sans qu'il éprouve le moins du meilleur monde la salutaire nécessité
d'un bouc émissaire planté en croix pour le légitimer
ce massacre
Luis Bunuel n'est pas un montreur d'ombres
plutôt un montreur de soleils
mais
même quand ces soleils sont sanglants
il les montre
innocemment

Olvidados
los olvidados
Quand on ne connaît pas la langue
on croirait des arbres heureux
los olvidados
des platanes ou des oliviers

Los olvidados
petites plantes errantes
des faubourgs de Mexico-City
prématurément arrachées
au ventre de leur mère
au ventre de la terre
et de la misère
Los olvidados
enfants trop tôt adolescents
enfants oubliés
relégués

Los Olvidados

Das letzte Mal sah ich Luis Bunuel
neunzehnhundertachtunddreißig in New York in Nordamerika
Vorgestern abend in Cannes sah ich ihn wieder
aus der Ferne und ganz aus der Nähe
Er hat sich nicht verändert

Luis Bunuel führt keine Schatten vor
keine Schatten im Talar
keine tröstlichen getrösteten Schatten
keine behaglich gefolterten Schatten
Und wie schon vor Jahren
verletzt und empört
der Mord an unschuldigen Kindern
seinen Geist
sein Herz
ohne daß er es auch nur im geringsten für heilsam für notwendig
hält daß auf dieser besten aller Welten ein Sündenbock
ans Kreuz gehängt wird
um den Kindermord zu rechtfertigen
Luis Bunuel führt keine Schatten vor
viel eher Sonnen
aber
selbst wenn es blutende Sonnen sind
führt er sie
in aller Unschuld vor

Los Olvidados
Olvidados
Wer die Sprache nicht kennt
Denkt an glückliche Bäume
los olvidados
an Platanen oder Olivenbäume

Los olvidados
kleine verirrte Pflanzen
in der Vorstadt von Mexico City
Zu früh herausgerissen
aus dem Mutterleib
aus dem Leib der Erde
des Elends
Los olvidados
zu früh erwachsene Kinder

pas souhaités
Los olvidados
la vie n'a pas eu le temps de les caresser
Alors ils en veulent à la vie
et vivent avec elle à couteaux tirés
Les couteaux
que le monde adulte et manufacturé
leur a très vite enfoncés
dans un cœur
qui fastueusement généreusement et heureusement
battait
Et ces couteaux
ils les arrachent eux-mêmes de leur poitrine trop tôt glacée
et ils frappent au hasard
au petit malheur
entre eux
à tort et à travers
pour se réchauffer un peu
Et ils tombent
publiquement
en plein soleil
mortellement frappés
Los olvidados
enfants aimants et mal aimés
assassins adolescents
assassinés
Mais
au milieu d'une fête foraine
un enfant épargné
sur un manège errant
sourit un instant en tournant
Et son sourire c'est le soleil
qui se couche et se lève en même temps

Et le beau monde grinçant des officielles festivités
illuminé par ce sourire
embelli par ce soleil
respire lui aussi un instant
et un petit peu jaloux
se tait

La dernière fois que j'ai vu Luis Bunuel
c'était à Cannes un soir sur la Croisette en pleine misère à Mexico-City

vergessene Kinder
unerwünschte verstoßene Kinder
Los olvidados
das Leben fand keine Zeit sie zu streicheln
Darum sind sie dem Leben böse
und leben neben ihm her mit gezogenen Messern
Mit Messern
die eine erwachsene und vorfabrizierte Welt
ihnen schnell ins Herz gestoßen hat
in ein Herz
das prächtig frei und glücklich schlug
Und diese Messer
reißen die Kinder selbst aus ihrer zu früh verhärteten Brust
und stechen blindlings
auf gut Unglück
untereinander
durcheinander
nur um ein bißchen warm zu werden
Und sie fallen
in aller Öffentlichkeit
vor aller Augen
bei hellichtem Tag
tödlich getroffen
Los olvidados
liebende ungeliebte Kinder
jugendliche Mörder
ermordete Kinder

Aber
mitten auf einem Volksfest
auf einem kreisenden Karussell
lächelt ein Kind
einen Augenblick lang
Und sein Lächeln ist wie die Sonne
die gleichzeitig schwindet und naht

Und die feinen Leute mit ihrem offiziellen Grinsen
angestrahlt von diesem Lächeln
verstört von dieser Sonne
atmen kurz auf
und schweigen
nicht ohne Neid
Das letzte Mal sah ich Luis Bunuel
eines Abends in Cannes auf der Uferpromenade mitten im Elend
von Mexico City

Et tous ces enfants qui mouraient atrocement sur l'écran étaient encore bien plus vivants que beaucoup parmi les invités.

Und all diese Kinder die auf der Leinwand so grausam starben waren um vieles lebendiger als die meisten Besucher der Festspiele.

Le noyé

Pendant un temps donné
retrouvé
oublié
Il parlait de sa mort
et il en parlait comme si de rien n'était
Et puis après il l'oubliait
Et puis avant dans le même temps
elle revenait
Il ne la trouvait pas mauvaise
un goût d'autrefois
un goût d'un certain temps
Pourtant
c'était la mort à venir
et elle allait et elle venait
partant et revenant
en même temps que la vie
Quelle était cette personne
installée là déjà comme chez elle
en lui
et peut-être jolie
C'était peut-être aussi tout simplement la vie
maquillée pour un temps donné
donné n'importe où par n'importe quoi pour n'importe qui
C'était peut-être aussi la nuit belle comme le jour
c'était peut-être sûrement le jour beau comme la nuit
c'était déjà peut-être l'avenir déjà fini
c'était encore peut-être tout le monde travesti pour les rares jours de fête de ce monde qu'on oublie
Pour le noyé la mort c'est la mer
Et pour la mer le noyé c'est peut-être un peu de sa vie
Mais
si vous demandez au noyé ce qu'il pense de la mer
Si vous lui demandez son avis
sur la vie de la mort et l'amour de la vie
sur la mort de la vie
sur la vie de l'amour
la plus légère écume des vagues de cette mer
du plus lointain de ses nouvelles et si vieilles rivières
sourit sans vous répondre à vous
sans répondre pour lui
sans répondre de lui.

Der Ertrunkene

Zu gegebener Zeit
zu wiedergefundener
und wieder verlorener Zeit
sprach er von seinem Tode
sprach er von ihm als ob nichts wäre
Und dann vergaß er ihn
Und dann zur selben Zeit aber etwas später
kam der Tod wieder
Er fand ihn so übel nicht
ein bißchen altmodisch
ein bißchen aus der Zeit
Dennoch
war es der kommende Tod
der da kam und ging
zu gleicher Zeit wie das Leben
Wer war dieses Wesen
das sich in ihm
schon eingerichtet hatte als sei es dort zuhaus
und vielleicht schön war
Vielleicht war es ganz einfach das Leben
das sich für eine gegebene Zeit
für eine irgendwo von irgendwem für irgendwen gegebene Zeit
verkleidet hatte
Vielleicht war es die Nacht schön wie der Tag
vielleicht war es der Tag schön wie die Nacht
vielleicht war es die schon vergangene Zukunft
vielleicht war's auch die ganze Welt vermummt für die seltenen Festtage
dieser vergessenen Welt
Für den Ertrunkenen ist der Tod das Meer
Und für das Meer ist der Ertrunkene vielleicht ein Teilchen seines Lebens
Aber
wenn du den Ertrunkenen fragst was er vom Meer hält
Wenn du seine Meinung hören willst
über den Tod des Lebens
über das Leben der Liebe
lächelt der leichteste Schaum der Wogen dieses Meeres
aus der weitesten Ferne seiner neuen und doch so alten Flüsse
ohne dir zu antworten
ohne an seiner Statt zu antworten
ohne Verantwortung für ihn.

Sur le champ

Somnambule en plein midi
je traverse le champ de manœuvres
où les hommes apprennent à mourir
Empêtré dans les draps du rêve
je titube comme un homme ivre
Tiens un revenant dit le commandant
Non
un réfractaire seulement
dit le capitaine
En temps de guerre son affaire est claire
dit le lieutenant
d'autant plus qu'il n'est pas vêtu correctement
Pour un réfractaire
un costume de planches
c'est l'habit réglementaire
dit le commandant
Une grande planche dessus
une grande planche dessous
une plus petite du côté des pieds
une plus petite du côté de la tête
tout simplement

Excusez-moi
je ne faisais que passer
je dormais quand le clairon a sonné
Et il fait si beau dans mon rêve
que depuis le début de la guerre
je fais jour et nuit la grasse matinée
Le commandant dit
Donnez-lui un cheval une hache un canon un lance-flammes un cure-dent un tournevis
Mais qu'il fasse son devoir sur le champ

Je n'ai jamais su faire mon devoir
je n'ai jamais su apprendre une leçon
Mais donnez-moi un cheval
je le mènerai à l'abreuvoir
Donnez-moi aussi un canon
je le boirai avec les amis
Donnez-moi . . .
et puis je ne vous demande rien
je ne suis pas réglementaire

Manöver

Nachtwandlerisch am hellen Tag
durchquer ich das Manöverfeld
wo Männer lernen wie man stirbt
Verwickelt in des Traums Gewand
schwank ich wie ein Betrunkener
Sieh da ein Geist! bemerkt der Kommandant
Nein
ein renitenter Bursche nur
bemerkt der Hauptmann
Im Kriegsfall ist sein Fall ein klarer Fall
bemerkt der Leutnant
zumal seine Montur
der Vorschrift keineswegs entspricht
Für einen der den Dienst verweigert
sind allemal sechs Fichtenbretter
die vorgeschriebene Uniform
bemerkt der Kommandant
Ein großes Brett darüber
ein großes Brett darunter
zwei Bretter an den Seiten
ein kleines Brett zu Füßen
ein kleines Brett am Kopf
und weiter nichts

Ich bitte um Entschuldigung
ich bin ja nur vorbeigegangen
ich hörte nicht daß die Trompete rief
In meinem Traum ist es so schön
daß ich seitdem ich eingezogen bin
die Nacht und auch den Tag verschlief
Soso bemerkt der Kommandant
gebt ihm ein Pferd ein Beil und ein Geschütz
gebt einen Flammenwerfer einen Schraubenzieher
Damit er seine Pflicht im Felde tut

Noch nie ist's mir gelungen meine Pflicht zu tun
noch nie zu lernen was ich sollte
doch gebt mir nur ein Pferd
ich werd mit ihm zur Tränke laufen
und gebt mir die Kanone her
ich werd mit Freunden sie versaufen
Gebt her ...

le casse-pipe n'est pas mon affaire

Moi je n'ai qu'une petite pipe
une petite pipe en terre
en terre réfractaire
et j'y tiens
Laissez-moi poursuivre mon chemin
en la fumant
soir et matin

Je ne suis pas réglementaire
Sur le sentier de votre guerre
je fume
mon petit calumet de paix
Inutile de vous mettre en colère
je ne vous demande pas de cendrier.

und weiter will ich nichts von euch
ich bin nun mal nicht vorschriftsmäßig
ich beiß nicht gern ins Gras

Ich lieb das ungebißne Gras
das unzerstampfte
das Gras auf renitenter Erde
Das Gras auf dem die Pferde
in Ruhe weiden

Ich bin nun mal nicht vorschriftsmäßig
Und wenn ihr auf dem Kriegspfad seid
rauch ich
mein kleines Friedenspfeifchen
mir ist der Friede teuer
Regt euch nur nicht darüber auf
ich bitt euch nicht um Feuer.

On

C'est un mardi vers quatre heures de l'après-midi
au mois de Février
dans une cuisine
il y a une bonne qui vient d'être humiliée
Au fond d'elle-même
quelque chose qui était encore intact
vient d'être abîmé
saccagé
Quelque chose qui était encore vivant
et qui silencieusement riait
Mais
on est entré
on a dit un mot blessant
à propos d'un objet cassé
et la chose qui était encore capable de rire
s'est arrêtée de rire à tout jamais
Et la bonne reste figée
figée devant l'évier
et puis elle se met à trembler
Mais il ne faut pas qu'elle commence à pleurer
Si elle commençait à pleurer
la bonne à tout faire
elle sait bien qu'elle ne pourrait rien faire
pour s'arrêter
Elle porte en elle une si grande misère
elle la porte depuis si longtemps
comme un enfant mort mais tout de même encore un petit peu vivant
Elle sait bien
que la première larme versée
toutes les autres larmes viendraient
et cela ferait un tel vacarme
qu'on ne pourrait le supporter
et qu'on la chasserait
et que cet enfant mourrait tout à fait

Alors elle se tait.

Man

Da war
an einem Dienstag gegen vier Uhr nachmittags
im Monat Februar
in einer Küche einer großen Stadt
ein Dienstmädchen das man erniedrigt hat
Tief in dem Mädchen drin
ist etwas das ganz heil noch war
zugrund gerichtet
und vernichtet
Ein Etwas das lebendig war
und in der Stille lachte noch
Doch
MAN ist eingetreten
MAN hat das böse Wort gesagt
der Scherben wegen
und was da noch zu lachen wußte
es wird sich niemals wieder regen
Und das Mädchen steht erstarrt
steht reglos vor dem Abwaschtisch
und beginnt zu zittern
Aber weinen darf es nicht
das Mädchen für alles
nicht für alles in der Welt
Denn finge es zu weinen an
es wüßte nicht
wie es den Tränenstrom verhält
Ein großes Elend trägt's mit sich herum
und trägt es schon so lang
wie'n Kind das tot ist und doch ein bißchen lebt
Das Mädchen weiß genau
würd eine Träne es vergießen
so würden alle andern Tränen fließen
es wär ein solches Heulen ohne Ende
daß MAN es unerträglich fände
daß MAN ihm kündigte
und daß das Kind dann vollends sterben würde

Drum schweigt das Mädchen still.

Sang et plumes

Alouette du souvenir
c'est ton sang qui coule
et non pas le mien
Alouette du souvenir
j'ai serré mon poing
Alouette du souvenir
oiseau mort joli
tu n'aurais pas dû venir
manger dans ma main
les graines de l'oubli.

Blut und Federn

Lerche der Erinnerung
wie dein Blut verrinnt
meines ist es nicht
Lerche der Erinnerung
ich mußt dich erdrücken
Lerche der Erinnerung
kamst zur falschen Zeit
Hätt'st nicht kommen sollen
aus der Hand zu picken
Körner der Vergessenheit.

Parfois le balayeur . . .

Parfois le balayeur
poursuivant désespérément
son abominable labeur
parmi les poussiéreuses ruines
d'une crapuleuse exposition coloniale
s'arrête émerveillé
devant d'extraordinaires statues
de feuillage et de fleurs
qui représentent à s'y méprendre
des rêves
des crimes des fêtes des lueurs
des femmes nues une rivière l'aurore et le bonheur
et le rire et puis le désir
des oiseaux et des arbres
ou bien la lune l'amour le soleil et la mort
Étranges monuments de l'instant même
élevés à la moindre des choses
par des indigènes heureux
et malheureux
et laissés là
généreusement offerts au hasard et au vent
ces statues se dressent
devant le balayeur qui n'en croit pas ses yeux
et qui met la main sur son cœur
en se sentant soudain
inexplicablement heureux
Et les statues balancent doucement
dans l'oseille du soleil couchant
leurs jolis corps de filles noires
drapés de pavots rouges et blancs
Et la statue du vent
toute nue derrière les statues d'arbres
fait retentir le bienveillant vacarme
de l'espace et du temps
Et la statue enfant terrifie le gendarme
par la seule grâce de son chant
et la lune bat la campagne
avec son grand fléau d'argent
Et le balayeur sourit
bercé et caressé
par la statue qui représente la fraîcheur de la vie
Et moi quand je regarde les tableaux de Paul Klee

Wenn der Auskehrer . . .

Wenn der Auskehrer
hoffnungslos
seine erbärmliche Arbeit tut
zwischen den staubigen Ruinen
einer liederlichen Kolonialausstellung
bleibt er bisweilen
verwundert stehn
vor erstaunlichen Statuen
aus Laub und Blumen
die fast aussehn
wie Träume
wie Verbrechen wie Feste wie Licht
wie nackte Frauen wie Fluß wie Morgenrot wie Glück
wie Lachen und wie Lust
wie Vögel und Bäume
oder wie der Mond die Liebe die Sonne und der Tod
Seltsame Standbilder des Augenblicks
von glücklichen Negern
und unglücklichen
geringen Dingen dargebracht
verlassen jetzt
großzügig dem Wind und dem Zufall ausgesetzt
Diese Statuen sind nun aufgebaut
vor dem Auskehrer
der seinen Augen nicht traut
der die Hand aufs Herz legt
und den ganz plötzlich
unfaßbares Glück bewegt
Und die Statuen schweben sacht
in der sinkenden Sonne
ihre hübschen schwarzen Mädchenleiber sind geschmückt
mit rotem und weißem Mohn
Und die Statue des Windes
ganz nackt hinter den Statuen der Bäume
läßt den lieblichen Ton
des Raumes und der Zeit erschallen
Und ein Gendarm erschrickt vor der Statue eines Kindes
ihn trifft der Liebreiz seines Sanges
und der Mond streift durch die Gegend
mit seiner Silbergeißel
Und der Auskehrer lächelt
liebkost und beglückt

je suis comme ce balayeur
reconnaissant
émerveillé
ravi.

von der Statue die des Lebens Frische symbolisiert
Und wenn ich Bilder von Paul Klee betrachte
bin ich wie dieser Besenmann
dankbar
erstaunt
entzückt.

Narcisse

Narcisse se baigne nu
De jolies filles nues viennent le voir
Narcisse sort de l'eau s'approche d'elles
et s'aperçoit qu'il n'est plus tout à fait le même
Quelque chose en lui a changé
Il se caresse de la main
étonné de donner sans le vouloir ni le savoir
comme un jeune cheval entier
les preuves de sa naissante virilité
Et retourne dans l'eau
plus ébloui que gêné
Et regarde les filles
puis
dans l'eau à mi-corps se regarde encore
Et voit
par un phénomène de réfraction
un bâton brisé
Il se noie
déçu enfantinement désespéré.

Narziß

Narziß nimmt nackt ein Bad
und hübsche nackte Mädchen kommen ihn zu sehn
Narziß steigt aus dem Wasser er geht auf sie zu
und merkt daß er nicht ganz derselbe ist
Etwas in ihm hat sich geändert
Er liebkost sich mit seiner Hand
erstaunt darüber daß er ohne Willen und Verstand
wie ein junger Hengst
das Wachsen seiner Mannheit demonstriert
Ins Wasser kehrt er dann zurück
mehr stolz als eigentlich geniert
und
im Wasser bis zur Hüfte schaut er erneut auf sich herab
Und sieht
infolge der Brechung des Lichts
einen zerbrochenen Stab
und er ertränkt sich
kindlich verzweifelt stürzt er ins Nichts.

La rivière

Tes jeunes seins brillaient sous la lune
mais il a jeté
le caillou glacé
la froide pierre de la jalousie
sur le reflet
de ta beauté
qui dansait nue sur la rivière
dans la splendeur de l'été.

Der Fluß

Deine jungen Brüste glänzten im Mondlicht
aber er
hat den eisigen Kiesel geworfen
den kalten Stein der Eifersucht
auf das Spiegelbild
deiner Schönheit
die nackt übers Wasser tanzte
in der herrlichen Sommernacht.

Chanson pour les enfants l'hiver

Dans la nuit de l'hiver
galope un grand homme blanc,
Galope un grand homme blanc.
C'est un bonhomme de neige
avec une pipe en bois,
un grand bonhomme de neige
poursuivi par le froid.
Il arrive au village,
voyant de la lumière
le voilà rassuré.
Dans une petite maison
il entre sans frapper,
et pour se réchauffer,
s'asseoit sur le poële rouge
et d'un coup disparaît
ne laissant que sa pipe
au milieu d'une flaque d'eau,
ne laissant que sa pipe,
et puis son vieux chapeau...

Lied für die Kinder im Winter

Durch die Winternacht rennt
ein großer weißer Mann
rennt ein großer weißer Mann.
Ein Biedermann aus Schnee
mit einer Pfeife aus Holz
ein großer Schneebiedermann
der vor der Kälte flieht.
Er langt im Dorfe an
und weil er Lichter sieht
fühlt er sich geborgen.
Ohne anzuklopfen
tritt er in ein kleines Haus
und um warm zu werden
setzt er sich auf den roten Ofen
und beginnt zu tropfen
und zerläuft im Augenblick.
Nur seine Pfeife ruht
in einer Wasserlache
Nur seine Pfeife bleibt zurück
und sein alter Hut...

Une politesse en vaut une autre

Il faut aussi être très poli avec la terre
Et avec le soleil
Il faut les remercier le matin en se réveillant
Il faut les remercier
Pour la chaleur
Pour les arbres
Pour les fruits
Pour tout ce qui est bon à manger
Pour tout ce qui est beau à regarder
A toucher
Il faut les remercier
Il ne faut pas les embêter ... les critiquer
Ils savent ce qu'ils ont à faire
Le soleil et la terre
Alors il faut les laisser faire
Ou bien ils sont capables de se fâcher
Et puis après
On est changé
En courge
En melon d'eau
Ou en pierre à briquet
Et on est bien avancé ...
Le soleil est amoureux de la terre
La terre est amoureuse du soleil
Ça les regarde
C'est leur affaire
Et quand il y a des éclipses
Il n'est pas prudent ni discret de les regarder
Au travers de sales petits morceaux de verre fumé
Ils se disputent
C'est des histoires personnelles
Mieux vaut ne pas s'en mêler
Parce que
Si on s'en mêle on risque d'être changé
En pomme de terre gelée
Ou en fer à friser
Le soleil aime la terre
La terre aime le soleil
C'est comme ça
Le reste ne nous regarde pas
La terre aime le soleil
Et elle tourne

Eine Höflichkeit ist die andere wert

Man soll auch zu der Erde sehr höflich sein
Und zu der Sonne
Man soll ihnen morgens beim Aufstehn danken
Für die Wärme
Für die Bäume
Für die Früchte
Für alles was gut schmeckt
Für alles was schön aussieht
Und sich schön anfaßt
Man soll ihnen danken
Man darf sie nicht verärgern ... nicht bekritteln
Sie wissen was sie zu tun haben
Die Sonne und die Erde
Darum soll man sie gewähren lassen
Sonst ärgern sie sich womöglich
Und dann wird man verwandelt
In einen Kürbis
In eine Wassermelone
Oder in einen Feuerstein
Und was hat man davon?
Die Sonne ist in die Erde verliebt
Die Erde ist in die Sonne verliebt
Das geht sie alleine an
Es ist ihre Sache
Und wenn es eine Sonnenfinsternis gibt
Ist es weder klug noch diskret ihnen zuzuschauen
Durch häßliche kleine geschwärzte Gläser
Sie streiten sich
das sind Privatsachen
Man mischt sich da lieber nicht ein
Denn
Wenn
Man sich einmischt kann's einem passieren daß man verwandelt wird
In eine erfrorene Kartoffel
Oder in eine Brennschere
Die Sonne liebt die Erde
Die Erde liebt die Sonne
Alles weitere geht uns nichts an
Die Erde liebt die Sonne
Und dreht sich
Um von ihr bewundert zu werden
Und die Sonne findet sie schön

Pour se faire admirer
Et le soleil la trouve belle
Et il brille sur elle
Et quand il est fatigué
Il va se coucher
Et la lune se lève
La lune c'est l'ancienne amoureuse du soleil
Mais elle a été jalouse
Et elle a été punie
Elle est devenue toute froide
Et elle sort seulement la nuit
Il faut aussi être très poli avec la lune
Ou sans ça elle peut vous rendre un peu fou
Et elle peut aussi
Si elle veut
Vous changer en bonhomme de neige
En réverbère
Ou en bougie
En somme pour résumer
Deux points ouvrez les guillemets
«Il faut que tout le monde soit poli avec le monde ou alors il y a des guerres . . . des épidémies des tremblements de terre des paquets de mer des coups de fusil.
Et de grosses méchantes fourmis rouges qui viennent vous dévorer les pieds pendant qu'on dort la nuit.»

Und beglänzt sie
Und wenn sie müde ist
Geht sie schlafen
Und der Mond erhebt sich
Der Mond ist ein alter Liebhaber der Sonne
Aber er war eifersüchtig
Und ist bestraft worden
Er ist ganz kalt geworden
Und kommt nur nachts zum Vorschein
Man soll auch zum Mond sehr höflich sein
Sonst macht er einen ein bißchen närrisch
Und er kann auch
Wenn er will
Dich in einen Schneemann verwandeln
In eine Gaslaterne
Oder eine Kerze
Langer Rede kurzer Sinn
Doppelpunkt Anführungsstriche
«Alle Welt sei höflich zur Welt sonst gibt es Kriege ... Seuchen
Erdbeben Sturmfluten Gewehrschüsse
Und riesige böse rote Ameisen die euch nachts im Schlaf
die Füße auffressen.»

Les feuilles mortes

Oh! je voudrais tant que tu te souviennes
des jours heureux où nous étions amis.
En ce temps-là la vie était plus belle
et le soleil plus brûlant qu'aujourd'hui.
Les feuilles mortes se ramassent à la pelle.
Tu vois, je n'ai pas oublié...
Les feuilles mortes se ramassent à la pelle
les souvenirs et les regrets aussi.
Et le vent du Nord les emporte dans la nuit froide de l'oubli.
Tu vois, je n'ai pas oublié la chanson que tu me chantais.

C'est une chanson qui nous ressemble.
Toi tu m'aimais et je t'aimais.
Nous vivions tous les deux ensemble
toi qui m'aimais
moi qui t'aimais.
Mais la vie sépare
ceux qui s'aiment
tout doucement
sans faire de bruit.
Et la mer efface sur le sable
les pas des amants désunis.

Les feuilles mortes se ramassent à la pelle
les souvenirs et les regrets aussi.
Mais mon amour silencieux et fidèle
sourit toujours et remercie la vie.
Je t'aimais tant, tu étais si jolie.
Comment veux-tu que je t'oublie.
En ce temps-là la vie était plus belle
et le soleil plus brûlant qu'aujourd'hui.
Tu étais ma plus douce amie...
Mais je n'ai que faire des regrets
Et la chansons que tu chantais
toujours, toujours je l'entendrai!

C'est une chanson qui nous ressemble.
Toi tu m'aimais et je t'aimais.
Nous vivions tous les deux ensemble
toi qui m'aimais
moi qui t'aimais.
Mais la vie sépare

Die toten Blätter

Wie wünsch ich mir du würdest dich erinnern
der frohen Tage da wir Freunde waren
Das Leben war zu jener Zeit viel schöner
die Sonne glühender als heut
Die toten Blätter schaufelt man zusammen
du siehst ich habe nicht vergessen
Die toten Blätter schaufelt man zusammen
auch die Erinnerungen und das Leid
der Nordwind trägt sie mit sich fort
in des Vergessens dunkle Nacht
Du siehst ich habe nicht vergessen
das Lied das du mir sangst

Es war ein Lied das uns sehr glich
du liebtest mich ich liebte dich
Wir lebten beide miteinander
du die mich liebte
ich der dich liebte
Doch das Leben trennt
die Liebenden
ganz sanft
ganz ohne Lärm und Streit
Dann kommt das Meer und tilgt im Sand
die Spur des Paars das sich entzweit.

Die toten Blätter schaufelt man zusammen
auch die Erinnerungen und das Leid
Doch meine Liebe still und treu
sie lächelt stets und dankt dem Leben
Ich liebte dich du warst so hübsch
wie könnt ich jemals dich vergessen
Das Leben war zu jener Zeit viel schöner
die Sonne glühender als heut
du warst die zärtlichste Geliebte
Mir bleibt von allem nur das Leid
und immer immer werd ich hören
das Lied das du mir sangst

Es war ein Lied das uns sehr glich
du liebtest mich ich liebte dich
Wir lebten beide miteinander
du die mich liebte

ceux qui s'aiment
tout doucement
sans faire de bruit.
Et la mer efface sur le sable
les pas des amants désunis.

ich der dich liebte
Doch das Leben trennt
die Liebenden
ganz sanft
ganz ohne Lärm und Streit
Dann kommt das Meer und tilgt im Sand
die Spur des Paars das sich entzweit.

En sortant de l'école

En sortant de l'école
Nous avons rencontré
Un grand chemin de fer
Qui nous a emmenés
Tout autour de la terre
Dans un wagon doré
Tout autour de la terre
Nous avons rencontré
La mer qui se promenait
Avec tous ses coquillages
Ses îles parfumées et puis ses beaux naufrages et ses
saumons fumés.
Au-dessus de la mer
Nous avons rencontré
La lune et les étoiles
Sur un bateau à voiles
Partant pour le Japon.
Et les trois mousquetaires des cinq doigts de la main
Tournant la manivelle d'un petit sousmarin
Plongeant au fonds des mers
Pour chercher des oursins
Revenant sur la terre
Nous avons rencontré
Sur la voie de chemin de fer
Une maison qui fuyait
Fuyait tout autour de la terre
Fuyait tout autour de la mer
Fuyait devant l'hiver
Qui voulait l'attraper.
Mais nous, sur notre chemin de fer
On s'est mis à rouler
Rouler derrière l'hiver
Et on l'a écrasé
Et la maison s'est arrêtée
Et le printemps nous a salués.
C'etait lui le garde-barrière
Et il nous a bien remerciés
Et toutes les fleurs de toute la terre
Soudain se sont mises à pousser
Pousser à tort et à travers
Sur la voie du chemin de fer
Qui ne voulait plus avancer

Als wir aus der Schule kamen

Als wir aus der Schule kamen
Trafen wir
Eine große Eisenbahn
Und die nahm uns mit davon
Um die ganze Erde
In einem goldenen Waggon
Um die ganze Erde.
Und dann trafen wir
Das Meer das grad des Weges kam
Mit seinem ganzen Muschelkram
Und seinen parfümierten Inseln
Seinen schönen Wracks
Und seinem Räucherlachs.
Über dem Meer
Trafen wir den Mond und die Sterne
Auf einem Segelschiff
Das nach Japan fuhr
Und die fünf Musketiere fünf Finger der Hand
Ums Steuerrad eines kleinen U-Boots gespannt
Das in die Tiefe glitt
Und drunten See-Igel schnitt.
Auf die Erde zurückgekehrt
Trafen wir
Auf den Schienen der Eisenbahn
Ein Haus das floh
Das um die ganze Erde floh
Ums ganze Meer
Das vor dem Winter floh
Der es packen wollte.
Doch wir auf unsrer Eisenbahn
Die wie der Teufel rollte
Wir sind dem Winter nachgedampft
Und haben ihn zerstampft
Und das Haus blieb stehen
Und der Frühling ließ sich sehen
Und grüßte uns.
Denn er war der Schrankenwärter
Und er hat uns sehr gedankt
Und alle Blumen ringsumher
Fingen plötzlich an zu sprießen
Blindlings kreuz und quer
Auf den Schienen der Eisenbahn

De peur de les abimer.
Alors on est revenu à pied
A pied
Tout autour de la terre
A pied
Tout autour de la mer
Tout autour du soleil de la lune et des étoiles
A pied à cheval en voiture et en bateau à voiles.

Die nicht hat weiterfahren wollen
Um keine von ihnen zu überrollen.
Dann sind wir heimgekehrt
Zu Fuß
Um die ganze Erde
Zu Fuß
Ums ganze Meer
Um die Sonne den Mond und die Sterne
Zu Fuß zu Schiff im Wagen und zu Pferde.

Fête

Dans les grandes eaux de ma mère
je suis né en hiver
une nuit de février

Des mois avant
en plein printemps
il y a eu
un feu d'artifice entre mes parents
c'était le soleil de la vie
et moi déjà j'étais dedans
Ils m'ont versé le sang dans le corps
c'était le vin d'une source
et pas celui d'une cave

Et moi aussi un jour
comme eux je m'en irai.

Fest

In den großen Wassern meiner Mutter
bin
winters ich geboren
in einer Februarnacht

Monate vorher
mitten im Frühling
haben meine Eltern
ein großes Feuerwerk entfacht
es war die Sonne meines Lebens
und ich war schon darin
Sie haben Blut in meinen Leib geschöpft
Wein aus der Quelle
der keinen Keller je gesehn

Und eines Tages werd auch ich
wie sie von dannen gehn.

TABLE

INHALT

rowohlts rotations romane

Ungekürzte Romane bekannter Autoren aus aller Welt

Verzeichnis aller lieferbaren Titel

* hinter dem Titel: Für Jugendliche ab 10 Jahren zu empfehlen
** hinter dem Titel: Für Jugendliche ab 14 Jahren zu empfehlen

Romane und andere Prosa

ABECASSIS, GUY 100 Koffer auf dem Dach [702], Kopfkissen für Globetrotter [1065]

ÅBERG, JOHN EINAR Engel – gibt's die? [1064]

ADAMSON, JOY Frei geboren ... Eine Löwin in zwei Welten / Mit 32 Bildtafeln [844] **, Die gefleckte Sphinx / Mit Bildtafeln [1626] **

AMADO, JORGE Gabriela wie Zimt und Nelken [838]

AMALRIK, ANDREJ Unfreiwillige Reise nach Sibirien [1452]

ARNAUD, CÉCILE Die kleine und die große Liebe [1523]

ARNOLD, HEINZ LUDWIG (Hg.), Väterchen Franz. Franz Josef Degenhardt und seine politischen Lieder [1797]

ARNOTHY, CHRISTINE Sommerspiele [1629]

ARSAN, EMMANUELLE Emmanuelle oder Die Schule der Lust [1825]

AYMÉ, MARCEL Die grüne Stute [402]

BACHER, MANFRED Immer bin ich's gewesen! Illustrationen: G. Bri [1375] **, Lehrer sein dagegen sehr / Illustrationen: Dieter Klama [1529] **

BALDWIN, JAMES Giovannis Zimmer [999], Gehe hin und verkünde es vom Berge [1415], Sie nannten ihn Malcolm X. Ein Drehbuch [1750], Des Menschen nackte Haut. Erzählungen [1789]

BAUER, JOSEF MARTIN So weit die Füße tragen [1667]

BEAUVOIR, SIMONE DE Das Blut der anderen [545], Die Mandarins von Paris [761], Ein sanfter Tod [1016], Memoiren einer Tochter aus gutem Hause [1066], In den besten Jahren [1112], Der Lauf der Dinge [1250], Alle Menschen sind sterblich [1302], Die Welt der schönen Bilder [1433], Eine gebrochene Frau [1489], Sie kam und blieb [1310]

BECHER, ULRICH Männer machen Fehler. Zwölf Kurzgeschichten [1283], Das Profil [1612], Murmeljagd [1783]

BECKETT, SAMUEL [Nobelpreisträger] Murphy [311]

BÉKEFFY, STEFAN Der Hund, der Herr Bozzi hieß [1739]

BELLOW, SAUL Das Opfer [1085], Mann in der Schwebe [1367], Mr. Sammlers Planet [1673]

BENZONI, JULIETTE Cathérine [1732], Unbezwingliche Cathérine [1785], Cathérine de Montsalvy [1813 – März 1975]

BERCK, MARGA Sommer in Lesmona [1818 – April 1975]

BICHSEL, PETER Die Jahreszeiten [1241]

BIGIARETTI, LIBERO Heiß [1487]

BLOOM, MURRAY Der Mann der Portugal stahl. Der größte Schwindel aller Zeiten [1619]

BORCHERT, WOLFGANG Draußen vor der Tür und ausgewählte Erzählungen [170] **, Die traurigen Geranien und andere Geschichten aus dem Nachlaß. Hg.: Peter Rühmkorf [975] **

BORGELT, HANS Grethe Weiser – Herz mit Schnauze [1741]

BRECHT, BERTOLT Kalendergeschichten [77], Drei Groschen Roman [263], Die Geschäfte des Herrn Julius Caesar [639], Bertolt Brechts Hauspostille [1159]

BREINHOLST, WILLY Das süße Leben des Ehemannes in Theorie und Praxis. Illustration: Léon van Roy [1249]

BRESLIN, JIMMY Der Mafia-Boss hat Scherereien [1746]

BRINITZER, CARL Liebeskunst ganz prosaisch. Variationen über ein Thema von Ovid. Mit Illustr. von Franziska Bilek [1730]

BRISTOW, GWEN Tiefer Süden [804] **, Die noble Straße [912] **, Am Ufer des Ruhmes [1129] **, Alles Gold der Erde [1590 **], Morgen ist die Ewigkeit [1685], Kalifornische Sinfonie [1718], Celia Garth [1798]

BROMFIELD-GELD, ELLEN Wildes Land im Mato Grosso [1788]

BROWN, CHRISTY Ein Faß voll Leben [1733]

BROWN, JOE DAVID Die Geschichte von Addie und Long Boy und wie sie beide fröhlichen Herzens auf anderer Leute Kosten lebten [1810 – März 1975]

BUCK, PEARL S. [Nobelpreisträger] Ostwind – Westwind [41] **, Die Mutter [69] **, Die Frau des Missionars [101] **, Die erste Frau und andere Novellen [134], Der Engel mit dem Schwert / Gottesstreiter im fernen Land [167] **, Die springende Flut [425], Letzte große Liebe [1779], Die schönsten Erzählungen der Bibel [1793]

BURDICK, EUGENE Mister Amerika [1690]

BUSCH, FRITZ B. Einer hupt immer / Heitere Automobilgeschichten mit Benzin geschrieben [1084] **, Lieben Sie Vollgas? Heitere Automobilgeschichten hinter dem Steuer geschrieben [1181] **, Wer einmal unterm Blechdach saß. Das fahrende Volk im Rückspiegel betrachtet [1574] **

CAIN, JAMES M. Es begann am Sacramento [1585], Eine schöne junge Witwe [1743], Der hellgrüne Falter [1817 – April 1975]

CALDWELL, ERSKINE Onkel Henrys Liebesnest. Erzählungen [1677]

CAMUS, ALBERT [Nobelpreisträger] Die Pest [15], Der Fremde [432], Kleine Prosa [441] **, Der Fall [1044], Verteidigung der Freiheit / Politische Essays [1096], Der Mensch in der Revolte [1216], Tagebücher 1935–1951 [1474]

CAPOTE, TRUMAN Frühstück bei Tiffany [459], Kaltblütig [1176]

CARLETON, JETTA Wenn die Mondwinden blühen [1522]

CARRÉ, JOHN LE Schatten von gestern [789] **, Der Spion der aus der Kälte kam [865] **, Krieg im Spiegel [995], Ein Mord erster Klasse [1120], Eine kleine Stadt in Deutschland [1511]

CASTILLO, MICHEL DEL Der Tod der Gabrielle Russier. Geschichte einer verfemten Liebe [1573]

CAVANAUGH, ARTHUR Als die Kinder verschwanden [1568]

CÉLINE, LOUIS-FERDINAND Tod auf Kredit [1724]

CHAGALL, BELLA Brennende Lichter / Zeichnungen: Marc Chagall [1223], Erste Begegnung. Zeichnungen: Marc Chagall [1630]

CHEVALIER, MAURICE Mein glückliches Leben. Erinnerungen [1613]

COHN, NIK AWopBopaLooBop ALopBamBoom. Pop History [1542]

COLETTE Gigi und andere Erzählungen [143]

COLLANGE, CHRISTIANE Madame und ihr Management. Der gut geplante Haushalt [1632]

COLLIER, JOHN Blüten der Nacht. Befremdliche Geschichten [1324], Mitternachtsblaue Geschichten [1559]

CONLON, KATHLEEN Rosalind, laß ab mein Kind [1473]

COOPER, SIMON Puppenspiele [1465]

COUTEAUX, ANDRÉ Frau für Vater und Sohn gesucht [1518], Man muß nur zu leben wissen [1693]

COWARD NOËL Palmen, Pomp und Paukenschlag [616]

CRONIN, A. J. Kaleidoskop in ‹K› [10], Die Zitadelle [39], Der neue Assistent [112], Der spanische Gärtner [127], Die Dame mit den Nelken [345], Doktor Murrays Auftrag [677], Dr. Shannons Weg [774], Der Judasbaum [857], Geh auf den Markt [927], Doktor Finlays Praxis [1383], Kinderarzt Dr. Carroll [1570], Ein Professor aus Heidelberg [1680], Traumkinder. Erzählungen [1720]

DAHL, ROALD Küßchen, Küßchen [835], ... steigen aus ... maschine brennt ... / 10 Fliegergeschichten [868], Der krumme Hund. Illustrationen: Catrinus N. Tas [959], ... und noch ein Küßchen! Weitere ungewöhnliche Geschichten [989]

DEGENHARDT, FRANZ JOSEF Spiel nicht mit den Schmuddelkindern. Balladen / Chansons / Grotesken / Lieder. Illustrationen: Horst Janssen [1168], Im Jahr der Schweine [1661]

DEGENHARDT, FRANZ JOSEF / NEUSS, WOLFGANG / HÜSCH, HANNS DIETER / SÜVERKRÜP, DIETER Da habt ihr es! Stücke und Lieder für ein deutsches Quartett. Zeichnungen: Eduard Prüssen [1260]

DICKEY, JAMES Flußfahrt [1778]

DJILAS, MILOVAN Die unvollkommene Gesellschaft / Jenseits der «Neuen Klasse» [1377], Verlorene Schlacht [1692]

DONLEAVY, J. P. Die bestialischen Seligkeiten des Balthasar B. [1705]

DU MAURIER, DAPHNE Rebecca [179], Spätetens in Venedig. Erzählungen [1791]

DÜRRENMATT, FRIEDRICH Der Richter und sein Henker. Illustrationen: Karl Staudinger [150] **, Der Verdacht [448]

DURRELL, GERALD Zoo unterm Zeltdach. Als Tierfänger in Kamerun [1366] ** Ein Noah von heute. Illustrationen: Ralph Thompson [1419] **. Eine Verwandte namens Rosy [1510] **, Ein Schildkrötentransport und andere heitere Geschichten [1631 **], Großes Herz für kleine Tiere [1700 **], Die goldene Herde und andere vergnügliche Tiergeschichten [1723]

DURRELL, LAWRENCE Justine [710], Balthazar [724], Mountolive [737], Clea [746], Bittere Limonen – Erlebtes Cypern [993], Leuchtende Orangen. Rhodos – Insel des Helios [1045] **, Schwarze Oliven. Korfu – Insel der Phäaken [1102] **, Tunc [1517], Nunquam [1595]

DYER, CHARLES Unter der Treppe oder Charlie erzählt Harry fast alles [1580]

ECHARD, MARGARET Unsere ehrbare Mama [1128] **

EDEN, DOROTHY Yarrabee [1725]

EHLERT, CHRISTEL Wolle von den Zäunen [1048] **

EKERT-ROTHOLZ, ALICE M. Reis aus Silberschalen [894], Wo Tränen verboten sind [1138], Strafende Sonne, lockender Mond [1164], Mohn in den Bergen [1228], Die Pilger und die Reisenden [1292], Elfenbein aus Peking / Sechs Geschichten [1277], Limbo oder Besuch aus Berlin [1567], Der Juwelenbaum [1621], Fünf Uhr Nachmittag [1781]

ELLIN, STANLEY Die Millionen des Mr. Valentine [1564]

ELLIOTT, SUMNER LOCKE Leise, er könnte dich hören [1269]

ELSNER, GISELA Die Riesenzwerge [1141], Das Berührungsverbot [1796]

ERHARDT, HEINZ Das große Heinz Erhardt Buch. Illustrationen: Dieter Harzig [1679]

FABIAN, JENNY / BYRNE, JOHNNY Groupie [1477]

FALL, THOMAS Der Clan der Löwen [1309]

FALLADA, HANS Kleiner Mann – was nun? [1], Wer einmal aus dem Blechnapf frißt [54], Damals bei uns daheim [136] **, Heute bei uns zu Haus [232], Der Trinker [333], Bauern, Bonzen und Bomben [651], Jeder stirbt für sich allein [671], Wolf unter Wölfen [1057], Kleiner Mann, Großer Mann – alles vertauscht oder Max Schreyvogels Last und Lust des Geldes [1244], Ein Mann will nach oben. Die Frauen und der Träumer [1316], Lieschens Sieg und andere Erzählungen [1584], Zwei zarte Lämmchen weiß wie Schnee. Eine kleine Liebesgeschichte [1648], Fridolin der freche Dachs. Eine zwei- und vierbeinige Geschichte [1786]

FAULKNER, WILLIAM Licht im August [1508]

FESLIKENIAN, FRANCA Meine lieben Ungeheuer [1586]

FICHTE, HUBERT Die Palette [1300], Interviews aus dem Palais d'Amour etc. [1560], Detlevs Imitationen ‹Grünspan› [1668 – März 1975]

FITZGERALD, JOHN D. Vater heiratet eine Mormonin [1350]

FRANK, BRUNO Trenck. Roman eines Günstlings [1657]

FREED, ARTÈLLE Nerzhäschen [1311]

GALLICO, PAUL Meine Freundin Jennie [499] *, Ein Kleid von Dior [640] **, Der geschmuggelte Henry [703] **, Thomasina [750], Ferien mit Patricia [796], Die Affen von Gibraltar [883], Immer diese Gespenster! [897], Die spanische Tournee [963], Waren Sie auch bei der Krönung? Zwei heitere Geschichten zu einem festlichen Ereignis [1097] **, Die Hand von drüben / Fast ein Kriminalroman [1236], Jahrmarkt der Unsterblichkeit [1364], Freund mit Rolls-Royce [1387], Schiffbruch [1563], Adam der Zauberer [1643], k. o. Matilda [1683], Die silbernen Schwäne. Fünf Geschichten der Liebe. Zeichnungen: Horst Lemke [1803]

GANS, GROBIAN Die Ducks. Psychogramm einer Sippe [1481] **

GARCÍA MÁRQUEZ, GABRIEL Hundert Jahre Einsamkeit [1484]

GENET JEAN Querelle [1684]

GILBRETH, F. B. / GILBRETH, CARY E. Im Dutzend billiger. Eine reizende Familiengeschichte [1721]

GOETZ, CURT Tatjana [734]

GORDON, RICHARD Aber Herr Doktor! [176], Doktor ahoi! [213], Hilfe! Der Doktor kommt [223], Dr. Gordon verliebt [358], Dr. Gordon wird Vater [470], Doktor im Glück [576], Eine Braut für alle [648], Doktor auf Draht [742] **, Onkel Horatios 1000 Sünden [953], Sir Lancelot und die Liebe [1191], Der Schönheitschirurg [1346], Finger weg, Herr Doktor! [1694], Wo fehlt's Doktor? [1812 – April 1975]

GORDON-DAVIS, JOHN Die Beute [1379], Die Jäger [1687]

GOSCINNY, RENÉ Prima, Prima, Oberprima! Tips für Schüler, Lehrer und leidgeprüfte Eltern [1256] **

GOVER, ROBERT Ein Hundertdollar Mißverständnis [1449], Kitten in der Klemme [1467], Trip mit Kitten [1628]

GRASS, GÜNTER Aus dem Tagebuch einer Schnecke [1751]

GRAU, SHIRLEY ANN Die Hüter des Hauses [1464]

GRAY-PATTON, FRANCES Guten Morgen, Miss Fink [1064] **

GREENE, GRAHAM Die Kraft und die Herrlichkeit [91], Das Herz aller Dinge [109], Der dritte Mann [211], Der stille Amerikaner [284], Heirate nie in Monte Carlo. Illustrationen: Marianne Weingärtner [320], Unser Mann in Havanna [442], Die Stunde der Komödianten [1189], Leihen Sie uns Ihren Mann? [1278], Die Reisen mit meiner Tante [1577], Eine Art Leben [1671], Das Ende einer Affäre [1787], Schlachtfeld des Lebens [1806 – März 1975]

GROSZ, GEORGE Ein kleines Ja und ein großes Nein. Sein Leben von ihm selbst erzählt [1759]

GRUHL, HANS Fünf tote alte Damen. Illustrationen: Dietrich Lange [1423], Liebe auf krummen Beinen [1674], Ehe auf krummen Beinen [1697]

GRÜN, MAX VON DER Irrlicht und Feuer [916], Am Tresen gehn die Lichter aus. Erzählungen [1742]

GUARESCHI, GIOVANNINO Don Camillo und Peppone / Mit Zeichnungen des Autors [215], Don Camillo und seine Herde / Mit Zeichnungen des Autors [231]

HAGEN, CHRISTOPHER S. Geheimauftrag. Authentic-Western mit 13 Illustrationen nach Originalfotos [1527]

HALLET, JEAN-PIERRE Afrika Kitabu. Ein Bericht. Mit 8 Bildtafeln [1507], Animal Kitabu. Ein leidenschaftliches Plädoyer für Afrikas Tierwelt. Mit 16 Bildtafeln [1587]

HANDKE, PETER Die Hornissen [1098]

HÄRTLING, PETER Das Familienfest oder Das Ende der Geschichte [1368]

HARTUNG, HUGO Deutschland deine Schlesier. Rübezahls unruhige Kinder [1624]

HAŠEK, JAROSLAV Die Abenteuer des braven Soldaten Schwejk – Ungekürzte Ausgabe. Illustrationen: Josef Lada Band I [409], Band II [411], Schwejkiaden. Geschichten vom Autor des braven Soldaten Schwejk [1424]

HAVEMANN, ROBERT Fragen, Antworten, Fragen. Aus der Biographie eines deutschen Marxisten [1556]

HEAVEN, CONSTANCE Das Haus der Kuragin [1795]

HEINRICH, WILLI Schmetterlinge weinen nicht [1583]

HEMINGWAY, ERNEST [Nobelpreisträger] Fiesta [5], In einem andern Land [216], In unserer Zeit [278], Männer ohne Frauen [279], Der Sieger geht leer aus [280], Der alte Mann und das Meer [328] *, Schnee auf dem Kilimandscharo [413], Über den Fluß und in die Wälder [458], Haben und Nichthaben [605], Die grünen Hügel Afrikas [647], Tod am Nachmittag / Mit 81 Abb. [920], Paris – ein Fest fürs Leben [1438], 49 Depeschen [1533], Die Sturmfluten des Frühlings [1716]

HERSEY, JOHN Orkan [1804]

HESSE, HERMANN Klingsors letzter Sommer [1462], Roßhalde [1557], Gertrud [1664]

HEYER, GEORGETTE Die bezaubernde Arabella [357], Die Vernunftehe [477], Die drei Ehen der Grand Sophy [531], Geliebte Hasardeurin [569], Der Page und die Herzogin [643], Die spanische Braut [698], Venetia und der Wüstling [728], Penelope und der Dandy [736], Die widerspenstige Witwe [757], Frühlingsluft [790] **, April Lady [854], Falsches Spiel [881], Serena und das Ungeheuer [892], Lord «Sherry» [910], Ehevertrag [949], Liebe unverzollt [979], Barbara und die Schlacht von Waterloo [1003], Der schweigsame Gentleman [1053], Heiratsmarkt [1104], Die galante Entführung [1170], Die Jungfernfalle [1289], Brautjagd [1370], Verlobung zu dritt [1416], Verführung zur Ehe [1212], Damenwahl [1480], Die Liebesschule [1515], Skandal im Ballsaal [1618], Ein Mord mit stumpfer Waffe. Detektivroman [1627], Der schwarze Falter [1689], Ein Mädchen ohne Mitgift [1727], Der Mörder von nebenan. Detektivroman [1752], Eskapaden [1800]

HOLMBERG, AKE Frühstück zu dritt [1702]

HOCHHUTH, ROLF Krieg und Klassenkrieg / Studien [1455]

HUDSON, JEFFERY Die Intrige [1540]

HUMOR SEIT HOMER [625]

IHR ABER TRAGT DAS RISIKO. Reportagen aus der Arbeitswelt. Hg. vom Werkkreis [1447]

IMOG, JO Die Wurliblume [1471]

J . . . Die sinnliche Frau [1634]

JEAN-CHARLES Die Knilche von der letzten Bank [1616], Knilche bleiben Knilche [1665], Knilche sterben niemals aus [1734]

JOHANN, ERNST Deutschland deine Pfälzer. Wo Witz und Wein wächst [1748]

JOHNSON, EYVIND [Nobelpreisträger] Zeit der Unruhe. Erzählungen [1871]

JOHNSON, UWE Zwei Ansichten [1068]

JONES, MERVYN John und Mary. Jeder Tag beginnt bei Nacht [1320]

JUUL, OLE Das tosende Paradies [1062]

KALÉKO, MASCHA Das lyrische Stenogrammheft. Kleines Lesebuch für Große [1784]

KARDOS, GYÖRGY Die sieben Tage des Abraham Bogatir [1519]

KAWABATA, YASUNARI [Nobelpreisträger] Kyoto oder Die jungen Liebenden in der alten Kaiserstadt [1225], Tausend Kraniche / Schneeland [1291]

KAZANTZAKIS, NIKOS Alexis Sorbas / Abenteuer auf Kreta [158]

KEROUAC, JACK Unterwegs / On the Road [1035], Engel, Kif und neue Länder [1391], Gammler, Zen und Hohe Berge [1417]

KIRST, HANS HELLMUT Verdammt zum Erfolg [1644], Verurteilt zur Wahrheit [1780]

KISHON, EPHRAIM Arche Noah, Touristenklasse [756]

KOCH, THILO Ähnlichkeit mit lebenden Personen ist beabsichtigt. Begegnungen [1531]

KRÜGER, HARDY Eine Farm in Afrika / Mein Momella. Zeichnungen: Francesca Krüger [1530]

KUSENBERG, KURT Mal was andres [113], Lob des Bettes. Illustrationen: Raymond Peynet [613], Der ehrbare Trinker / Eine bacchische Anthologie [1025], Man kann nie wissen. Eine Auswahl merkwürdiger Geschichten [1513]

LAWRENCE, D. H. Der Regenbogen [610], Liebende Frauen [929], Lady Chatterley [1638]

LEVENSON, SAM Kein Geld – aber glücklich. Chronik einer Familie [1322] **

LONDON, JACK Das Mordbüro [1615]

LOWELL, JOAN Ich spucke gegen den Wind [23**], Das Land der Verheißung [1047]**

LOWRY, MALCOLM Unter dem Vulkan [1744]

LYNN, JACK Der Professor. Ein Mafia-Roman [1755]

MACDONALD, BETTY Das Ei und ich [25] **, Betty kann alles [621], Die Insel und ich [641]

MALAMUD, BERNARD Der Fixer [1150]

MALPASS, ERIC Morgens um sieben ist die Welt noch in Ordnung [1762], Wenn süß das Mondlicht auf den Hügeln schläft [1794]

MANN, HEINRICH Professor Unrat [35], Die Jugend des Königs Henri Quatre [689], Die Vollendung des Königs Henri Quatre [692], Novellen [1312]

MARCEAU, FÉLICIEN Creezy [1593]

MASON, RICHARD . . . denn der Wind kann nicht lesen [144], Suzie Wong [325], Zweimal blüht der Fieberbaum [715]

MAYER, HANS Deutsche Literatur seit Thomas Mann [1063]

MEAD, MARGARET / BALDWIN, JAMES Rassenkampf–Klassenkampf. Ein Streitgespräch [1617]

MECHTEL, ANGELIKA Kaputte Spiele [1572]

MENGE, WOLFGANG Ein Herz und eine Seele. Silvesterpunsch / Der Ofen ist aus. Mit 8 Abb. auf Kunstdrucktaf. [1774], Ein Herz und eine Seele. Rosenmontagszug / Besuch aus der Ostzone. Mit 10 Abb. auf 8 Kunstdrucktaf. [1775], Ein Herz und eine Seele. Frühjahrsputz / Selbstbedienung. Mit 8 Abb. auf Kunstdrucktaf. [1808]

MERCOURI, MELINA Ich bin als Griechin geboren [1729]

METALIOUS, GRACE Die Leute von Peyton Place [406]

MICHENER, JAMES A. Die Kinder von Torremolinos [1636], Sayonara [1675]

MILLER, ARTHUR Brennpunkt [147], Nicht gesellschaftsfähig / The Misfits [446], Ich brauche dich nicht mehr. Erzählungen [1620]

MILLER, CHRISTIAN Der Kühlschrank auf der Feuerleiter. Ein heiterer Roman [1811 – April 1975]

MILLER, HENRY Lachen, Liebe, Nächte [227], Der Koloß von Maroussi [758], Big Sur und die Orangen des Hieronymus Bosch [849], Land der Erinnerung [934], Nexus [1242], Plexus [1285], Schwarzer Frühling. Erzählungen [1610], Mein Leben und meine Welt [1745]

Henry Miller Lesebuch. Hg.: Lawrence Durrell [1461]

MISSERLY, HÉLÈNE Zimmer zu vermieten [1131]

MITCHELL, MARGARET Vom Winde verweht [1027]

MNAČKO, LADISLAV Die Nacht von Dresden [1485], Der Vorgang [1728]

MONNIER, THYDE Die kurze Straße [30], Liebe – Brot der Armen [95]

MONSIGNY, JACQUELINE Floris, mon amour [1747]

MOORE, JOHN Septembermond [1372], Die Wasser unter der Erde [1816 – April 1975]

MOORE, JOHN Septembermond [1372]

MORAVIA, ALBERTO Die Römerin [513], Cesira [637], Der Konformist [766], La Noia [876], Inzest [1077], Die Verachtung [1111], Die Kulturrevolution in China [1456], Ich und Er [1666]

MÖSSLANG, FRANZ HUGO Deutschland deine Bayern / Die weiß-blaue Extrawurscht [1352]

MULIAR, FRITZ Streng indiskret! Aufgezeichnet von Eva Bakos. Illustrationen: Rudolf Angerer [1429], Wenn Sie mich fragen . . . Aufgezeichnet von Trude Marzik [1753]

MUSIL, ROBERT Drei Frauen [64], Die Verwirrungen des Zöglings Törleß [300], Nachlaß zu Lebzeiten [500] **

NABOKOV, VLADIMIR Gelächter im Dunkel [460], Lolita [635], Verzweiflung [1562], Einladung zur Enthauptung [1641], Lushins Verteidigung [1699]

NÉMETH, LÁSZLÓ Maske der Trauer [1645]

NEUGEBAUER, PETER Lexikon der Erotik. Mit Textillustrationen [1509]

NEUMANN, ROBERT Deutschland deine Österreicher. Österreich deine Deutschen. Illustrationen: Lindi [1695]

NICKLISCH, HANS Vater unser bestes Stück [1609], Ohne Mutter geht es nicht [1672], Einesteils der Liebe wegen [1719], Ein Haus in Italien müßte man haben [1782]

NOACK, BARBARA Die Zürcher Verlobung [1611], Ein gewisser Herr Ypsilon [1646], Eines Knaben Phantasie hat meistens schwarze Knie. Zeichnungen: Eva Kausche-Kongsbak [1681], Valentine heißt man nicht. Eine Ehegeschichte – vorwiegend heiter [1701], Italienreise – Liebe inbegriffen [1726], Geliebtes Scheusal [1792]

NOSSACK, HANS ERICH Spätestens im November [1082], Der Fall d'Arthez [1393]

OATES, JOYCE CAROL Ein Garten irdischer Freuden [1491]

O'BRIEN, EDNA Mädchen im Eheglück [1520]

O'DONNELL, PETER Modesty Blaise – Die tödliche Lady [1115], Modesty Blaise – Die Lady bittet ins Jenseits [1184], Modesty Blaise – Die Lady reitet der Teufel [1304], Modesty Blaise – Ein Gorilla für die Lady [1493], Modesty Blaise ‹Die Goldfalle› [1805 – März 1975]

O'REAR, FRANKIE UND JOHNNY Hotel Bonvivant [1754]

PAUSEWANG, GUDRUN Die Entführung der Doña Agata [1591]

PERGAUD, LOUIS Der Krieg der Knöpfe [662] **

PHILIPE, ANNE Nur einen Seufzer lang [1121], Morgenstunden des Lebens [1468]

PIAF, EDITH Mein Leben [859]

POLGAR, ALFRED Im Lauf der Zeit [107]

POLLINI, FRANCIS Glover [1143]

PORTER, KATHERINE ANNE Das Narrenschiff [785]

PORTIS, CHARLES Die mutige Mattie [1483]
POTH, CHLODWIG Mein progressiver Alltag [1807 – März 1975]
PRÉVERT, JACQUES Gedichte und Chansons. Französisch und Deutsch. Nachdichtung von Kurt Kusenberg [1421]
PUZO, MARIO Der Pate [1442], Mamma Lucia [1528]
QUALTINGER, HELMUT / MERZ, CARL Der Herr Karl und weiteres Heiteres [607]
RAABE, WILHELM Stopfkuchen [100] **
RADECKI, SIGISMUND VON Das ABC des Lachens [84] **
RANDALL, FLORENCE ENGEL Denn die Nacht ist verschwiegen [1307]
RAWLINGS, MARJORIE K. Frühling des Lebens [153] *
REITBERGER, REINHOLD C. / FUCHS, WOLFGANG J. Comics. Anatomie eines Massenmediums [1594]
RENAULT, MARY Feuer vom Olymp. Ein Roman um Alexander den Großen [1809 – März 1975]
REXHAUSEN, FELIX Die Sache. Einundzwanzig Variationen [1418], Germania unter der Gürtellinie. Ein satirisches Geschichtsbuch [1516]
REZZORI, GREGOR VON Maghrebinische Geschichten [259], Neue maghrebinische Geschichten [1475]
RICHTER, HANS WERNER Deutschland deine Pommern / Wahrheiten, Lügen und schlitzohriges Gerede. Illustrationen: Franz Wischnewski [1537]
RINGELNATZ, JOACHIM Als Mariner im Krieg [799], Mein Leben bis zum Kriege [855]
ROBBINS, HAROLD Einen Stein für Danny Fisher [991]
ROCHEFORT, CHRISTIANE Frühling für Anfänger [1490]
RODA RODA's Geschichten [205], Heiteres und Schärferes [1521]
ROSENDORFER, HERBERT Der stillgelegte Mensch [1592]
RÖSLER, JO HANNS Die Reise nach Mallorca [1736]
ROTH, JOSEPH Radetzkymarsch [222], Der stumme Prophet [1033]
ROTH, PHILIP Portnoys Beschwerden [1731]
RUARK, ROBERT Der Honigsauger [1647], Die schwarze Haut [1696], Safari [1738], Uhuru [1815 – April 1975]
RUHLA, FRANK Vielgeliebte alte Penne. Illustrationen: Dieter Klama [1566] **
RÜHMKORF, PETER Über das Volksvermögen. Exkurse in den literarischen Untergrund [1180]
RUESCH, HANS Im Land der langen Schatten [1715]
SABATIER, ROBERT Die schwedischen Zündhölzer [1633]
SAINT-EXUPÉRY, ANTOINE DE Flug nach Arras [206] **, Carnets [598]
SALINGER, JEROME D. Der Fänger im Roggen [851], Franny und Zooey [906], Hebt den Dachbalken hoch, Zimmerleute & Seymour wird vorgestellt [1015], Neun Erzählungen [1069]
SALOMON, ERNST VON Der Fragebogen [419], Die schöne Wilhelmine / Ein Roman aus Preußens galanter Zeit [1506], Deutschland deine Schleswig-Holsteiner. Dem Feinde weh, der sie bedroht. Illustrationen: Heinz Schrand [1802]
SAND, FROMA Das Apartmenthaus [1440]
SARTRE, JEAN-PAUL Das Spiel ist aus / Les Jeux sont faits [59], Zeit der Reife [454], Der Aufschub [503], Der Pfahl im Fleische [526], Der Ekel [581], Die Wörter [1000], Porträts und Perspektiven [1443], Die Mauer. Das Zimmer, Herostrat, Intimität, Die Kindheit eines Chefs. / Erzählungen [1569], Bewußtsein und Selbsterkenntnis [1649], Mai 68 und die Folgen. Reden, Interviews, Aufsätze Bd. I [1757]
SCHIEFER, HERMANN / HALBRITTER, KURT Die Kunst, Lehrer zu ärgern [1472] **, Wer abschreibt, kriegt 'ne 5! Illustrationen: Kurt Halbritter [1526] **
SCHMIDT, MANFRED Mit Frau Meier in die Wüste / Eine Auswahl verschmidtster Reportagen [907], Frau Meier reist weiter / Eine neue Auswahl verschmidtster Reportagen [1081] *
SCHNECK, STEPHEN Der Nachtportier oder dessen völlig wahre Beichte [1432]
SEGAL, ERICH Love Story [1623]
SEGHERS, ANNA Transit [867]
SELBY, HUBERT Letzte Ausfahrt Brooklyn [1469]
SHADBOLT, MAURICE Und er nahm mich bei der Hand [1589]
SHARP, MARGRET, Rosa [1682]
SIMMEL, JOHANNES MARIO Affäre Nina B. [359], Mich wundert, daß ich so fröhlich bin [472], Das geheime Brot [852], Begegnung im Nebel [1248]
SLEZAK, LEO Meine sämtlichen Werke [329] *, Der Wortbruch. Zeichnungen: Walter Trier [330] **, Rückfall. Zeichnungen: Hans Kossatz [501] **
SNOW, C. P. Mord unterm Segel [1691]
SOEBORD, FINN Und sowas lebt [78]
SOLSCHENIZYN, ALEXANDER Krebsstation. Buch 1 und 2. Vorwort: Heinrich Böll [1395 u. 1437]
SOUTHERN, TERRY / HOFFENBERG, MASON Candy oder Die sexte der Welten [1482]
SPARK, MURIEL Die Lehrerin [1171]
SPEYER, WILHELM Der Kampf der Tertia. Zeichnungen: Wilhelm M. Busch [17] **
SPOERL, HEINRICH Man kann ruhig darüber sprechen [401] **
STAMMEL, H. J. Das waren noch Männer. Die Cowboys und ihre Welt. Mit 32 Bildtafeln [1571] **
STONE, IRVING Vincent van Gogh / Ein Leben in Leidenschaft [1099]

81/14